雪地钢琴

包临轩◎著

長春出版社
全国百佳图书出版单位

图书在版编目(CIP)数据

雪地钢琴 / 包临轩著. -- 长春 : 长春出版社,
2025. 1. -- ISBN 978-7-5445-7590-4

Ⅰ. I227

中国国家版本馆CIP数据核字第2024ZU9977号

雪地钢琴

著　　者　包临轩
责任编辑　褚晓璇
封面设计　宁荣刚

出版发行　长春出版社
总 编 室　0431-88563443
市场营销　0431-88561180
网络营销　0431-88587345
地　　址　吉林省长春市南关区长春大街309号
邮　　编　130041
网　　址　www.cccbs.net

制　　版　长春出版社美术设计制作中心
印　　刷　长春天行健印刷有限公司

开　　本　880mm × 1230mm　1/32
字　　数　174千字
印　　张　10.25
版　　次　2025年1月第1版
印　　次　2025年1月第1次印刷
定　　价　59.80元

目　录

第一辑

第三辑

第四辑

第五辑

第 一 辑

在路的尽头
父亲先于太阳出发
那是一种更轻盈的
上升

父亲的清晨

疏离的树木，碳素般的稀疏枝条
以青灰色，勾勒冬日
清晨的轮廓

高速公路，跑道一样
也泛着同样的色泽，似乎
欲言又止

在路的尽头，父亲先于太阳出发
那是一种更轻盈的
上升

卸下拖累一生的辎重

比日日重复起床的太阳，更少负担
悲喜、烦忧和牵念的标签
被一一扯下

露出
隐藏于肋下的翅膀

天空，打开层叠的云路
在飞升中，抽泣的人群
和泪光中的仰望，都渐渐远了

大地，和它摇篮里的故乡
旋转着收起，消隐于无涯的蓝色里

2018年2月25日

母　亲

时间的落叶
渐渐堆叠出母亲的愁容

曾经，屋后的柴垛
抽取一缕缕干草
每天，化为微弱的灶火
燃不尽
笼罩旷野的贫寒

羊群清瘦，翻越墙头的豁口
找寻青绿
外祖父带着他的大狗
在碱蓬草浪深处走动

5

母亲说
昨夜又梦见了

弟弟把陈年旧照
翻拍成挂历，挂在
母亲卧室
早上醒来，就可以看见
可是
弟弟看不见她欣慰的笑容

窗明几净，阳台宽大
母亲整天坐在那里
一言不发

为她泡好的茶，总是
慢慢凉透
茶叶在杯中，轻轻漂浮
然后静止

她这一生
未能从往事中醒来

2014 年 4 月 12 日

父 亲

你在病床上的每一天
都在让时光倒流，仿佛另一种重生
已经开启

亲人的泪眼和呼喊，是遥远的
你独自纯净

你病中的微笑、体谅和谦和
无论对护工，还是对儿子
都让我们手足无措
仿佛昔日过多的严肃和不苟言笑
让你充满歉意

7

你突然而至的平静，正在化为一汪深潭
清澈见底，里面，似乎游动着金鱼

是什么，让从前威风凛凛的山，变成了潺潺的水
在山水繁复之间，有一段怎样的颠覆
惶惑中，我们失去了答案

不再翻山越岭的骏马，止住了风
鬃毛披挂下来，遮住汗津津的前额
那是你，曾经的时光

而现在，病榻辗转，无数个颠来倒去的晨昏
让你，成了一枚树梢上的月亮

淡淡清辉，照彻了群山

想　念

你的眼睛那么大，而清澈
当你穿过树林、草坪和人行道
奔向我

我俯下身子，张开双臂
就像从前，经常做过的那样

而汽车突然冲出来，结束了
你的奔腾

至少最后时刻，你是幸福的
灾难发生时，你并不知道发生了什么

黄昏，都没来得及覆盖
我的惊叫。而你，未发出任何声音

拐杖、落叶和公园的木制长椅上
那个枯坐的老妪，是我
而且，一直是我

十年了，拉布拉多
我这颗落日的心，已沉入湖底

病床上的父亲

窗外，雪覆盖着松枝和庭院小径
白衣护士，一前一后
匆匆中，微微低着头

这熟悉的安静，这些许的陌生

病床上，躺着父亲
清瘦，一如他手执教鞭的生涯
像小溪流过平原上的四季
似有若无
现如今，化作风霜
遍布冬日的窗棂

11

走廊深处，传来一个女子的哭泣
那难抑的悲伤与绝望
然后，慢慢归于沉寂

这时，雪花又在外面翩翩起舞了

父亲微微合着眼睛，他睡了吗
是否有梦之所见
他从未吐露
一如当年，他走出瓦舍青青的教室
与随后涌出的学生，相隔很远

他的儿子，正在和医生轻轻谈话
留下他一个人
即使片刻，也显得漫长
他就那样躺在旧梦里
眉宇间，不见一丝笑意

2015年1月30日　追记

淡月如帛

淡淡的月亮，单薄如一页欲碎裂的帛
鳞状云片，长短不一，漂浮在她的下方
想让她成为云的一部分

但我还是能认出，她像黛玉一样病了
而她，只是淡着，并不洒一滴清泪

云在变幻，很慢，像渐变的舞蹈
月亮则一直是安静的
似乎一缕风，可以把她带走

其实，风也不能
她就在那儿，清辉极轻

并不试图照耀什么。而四周的星星们
却个个着急，一闪一闪，拼命眨眼

早晨开启，她还是那样，一声不响
守着一份太阳也拿不去的平静
她隐去时，你甚至无法捕捉
她最后的身影

这么多年，她一直淡淡的
在高处，看尽了山河

2017 年 10 月　哈尔滨，一个月夜

窗外的鸟儿

窗内，那人在盯着我看
他目不转睛，他的身体一动不动
站在窗边浓重的阴影里

他的目光射出来，就像黑暗的一部分
竟然，挣脱了黑暗

不敢确认，他是否真的还活着

他的眼睛专注于我，但薄薄的嘴唇紧闭
甚至，不曾咳嗽
可他的眼睛，分明在热切地呼喊

有急促的呼吸，和心跳
隐隐传来
我在枝头腾跃，鸣叫
甚至停下来，歪起小脑袋
几乎，我是在搔首弄姿

我这小巧的身形，是他不能错过的
一场盛大歌舞

我是否该狠心离去，又该何时离去
我的离去，是否会让那尊入定的雕像
在瞬间，颓然坍塌

弯月故事

弯月，一把冷冷的刀子
被谁投掷在天幕正中，然后静止不动
似乎等着，收割谷粒一般的星光

寒夜，摸不到边沿的冰窖
以巨大的体积，膨胀
唯有刀子，清冷中，挑开暗蓝色肌肤
泄露了天外，星星点点的秘密

但是，它并不挑落，这整块的幕布
或许不想，让你懂得更多天外的事情
薄薄的锋刃，却有水意溢出
滴落的，不是什么血色

而是，你看不见的
露珠
遥遥地，落在下一季的草丛

闪着晶莹的小小骄傲
冷冽于你的指尖或掌心。你却
久久不曾悟到，这馈赠
来自遥遥的高处

冬至的太阳

冬天这样冷，连太阳也冻得没了力气
他从黑色树林后面，艰难地露头
犹豫着，是否继续往高处走

从前是九颗太阳在天上，如今
只剩下一颗，也渐行渐远
似乎一直打算着，抛弃我们

在我和太阳之间，隔着一道残破的栅栏
栅栏内，是废弃的公园，假山，冰湖
公园外侧的远处，是立交桥上
零星的车影。是桥那边，低矮的丛林带
逶迤。

我的目光，这投向太阳的旅程
低回中，布满了参差的万物

在天空接近大地的部分，雾霾
和雪粉混杂一处
太阳尝试着，摆脱它们的合围
就像要从一片浑水中，打捞自己

他现在没有光芒，只有光晕
稍稍胜过下面，即将熄灭的
一排路灯

太阳，瑟缩着走向中午，和傍晚
他似乎倦怠了，早早收工
漫长的黑夜，和无边的大雪覆盖了他
和遗落在大地上的，我们

但谁会忘却太阳的样子，我们坐在屋子里
惦念着他。虽然彼此没有提起
此时，他或许在沐浴，蒸汽升腾

从远处看，就是翻滚着的白云
和纷纷扬扬的大雪

窥视的星星，说太阳
正在遥遥地更衣，从未
沉沉睡去。他将带着洁净的光芒
回来

昨 夜 雪

推开门，一条拥堵的窄街，横在面前
汽车堆砌，这些钢铁的聚合
随时会蠕动起来，事先，看不出征兆

行人，低着头，寻找着落脚的缝隙
眼睛的余光，警惕地瞄着四周
唯恐出租车从暗处，蹿出

这是夜晚。在路灯投下的一小块光区
雪花在旋转，亮晶晶的。北风吹着
它们以相同的弧度，倾斜成一道道丝线
光区之外，仍然黑乎乎的，深不可测

初冬的第一场雪，就这样突如其来
局促的背街，杂乱而黑
幸亏路灯，照亮了这一道雪的飞瀑

令推门而出的人，稍稍涌出一丝
莫名的兴奋

雪　蝴　蝶

她们，成群结队
从天国飞下来。扑簌簌地飞

落在黑色枯枝上，落在高原，河面和沟壑中
落在户外任何一片地方，还
落在你家的窗棂，点亮你的眼睛
从高处抵达地面，这飘摇的旅程
身形轻盈的她们，牺牲了多少姐妹

落地，她们把彼此的翅膀
连在了一起，整个大地，被染白了

在灰暗和死寂中，大地僵硬

而现在，雪蝴蝶，带来呼唤般的舞蹈
和无边的温柔

赠我以雪

我是塞外的空旷，你
赠我以雪
却，更加空旷了

我是空旷中的苦寒，你
还是赠我以雪
却，更加冷寂了

但我
尚存一团热烈，以红彤彤的落日
激吻地平线

之后，扯下夜幕
罩住雪原的冬眠

一盏葵花

假如不能直视你的泪水
我的目光
该避往何处
手指无措
轻轻腾挪于键盘之上

风暴
是否已去往另一片大陆
席卷了
那里的房屋和行人
剩下废墟和纸片
而在万里之外的此处

我端坐不动
心，却如明镜

旁观者能看懂些什么
不过是
一个沉默良久的人
独对门庭

当所有身影都消失于走廊尽头
我缓缓摊开双手
托住埋向桌面的疲倦的脸

如一盏
无法追逐日光的葵花
瑟瑟凋零

2014年4月11日

隐约的回音

是否躲在云朵后面
或者在雨天，藏身于
无数水滴之中
或者，高踞于雨云之上的天堂
峨冠博带，手指
轻轻捻着胡须

当天地失色，是否又转向
夜空之外
闪闪星斗，只是他神秘的眨眼
似乎在努力辨认
这，是不是我创造的那个宇宙

当你伸出祈求的手
呼喊
却相隔幽远

一直等待
回音，那份隐约的抚慰

2014 年 3 月 10 日

雪 与 铁

当雪在大地铺开，犁与剑的沉着
更像是不动声色
雪落的过程，和落下后的无垠
没有任何响动

那些铁器，从前何等锋利
此刻，只以斑斑锈迹，和雪
保持着默契

这就是冬天！风在雪上面，徒然地奔走
无法吹散遍地银色
即使雪是轻盈的，即使它随时化作片片白羽

铁器，隐身于雪下
似乎也是安静的。但锈迹
铁的一层外衣，似乎可以随时褪下
期待的，不过是某个契机
和一场新的磨砺

这大地的牙齿，可以撕碎踏来的铁蹄
或者，重铸为一柄柄倚天长剑
斩立决，裁天地

但现在，只有无际涯的雪
覆盖冻馁的植被
雪之下，散落的冷兵器们一声不吭
等着
破雪而出

2017 年 10 月 13 日

泪　雨

从高处赶来的天空
不发一语，只是一味地蓝

不知何时聚集起来的云，雨滴
扑簌簌地洒落，停不下来

云们拥挤在一起
雷声，像一阵憋不住的哭喊
从层云深处的胸腔里
涌出来，又止住

闪电，是云朵之上看不见的手
挥动一道道带光的锋刃，试着挑落
天空满面的愁绪

2018 年 4 月 26 日

草原风沙

风沙扑上来
演绎从前的匈奴部落，驱赶暴烈马群
鬃毛猎猎

草原，这柔弱女子，这夏季的婉约
能抵挡些什么呢
铁蹄过后，萎靡成万里黄沙

据说，绿茵上的仙子
正以绵薄之力，积蓄复仇的时间
而那时间，谁能望得见它的孱弱身影
阿兰坦托娅，在布景中载歌载舞
用爱情，在虚构一个套马杆的汉子

其实，灰黄的天空下
只有一辆蓝色越野车，碾过零星的草丛
车载音乐一路狂飙，扬长而去

2018 年 4 月 7 日

日　与　星

太阳，一盏无所不在的探照灯
连白昼自己，也找不到
藏身的角落

星星，那无数监视的眼睛们
一直眨个不停，且相互
窃窃私语

遗　产

我走后，把天空、大地
和树木留给你
把阳光、飞鸟、星星和绿荫留给你
把秋风、雨声和落雪留给你
而你，是无感的

我远远望着你，抬头
你会瞥见那枚淡淡的月亮
我也在很近的地方，看你
当你俯身，面向黄昏绽开的花瓣
透过花蕊，我看得见你睫毛的颤动
而你，并不知道

我住过的老房子，已然倒塌
用过的书架，栗色地板
陷入一片瓦砾之中
最终，沉积为海底城堡的残垣

地心深处，大水怒吼而出
漫延的蓝，覆盖了故园

我将以泡沫的方式，在水面之上遨游
渺小的舞蹈，转瞬即逝
你的眼神，是否足够灵敏
请捕捉我萤火一样，闪烁的光芒

2018年3月23日

关 于 真

是唐代玉壶里的一片冰心
是劫难过后的相视一笑

我说，是欲抽刀断水的刹那
心念一转，纵身跃入河流

2018 年 4 月 18 日　晨

草甸傍晚

褐色碱蓬，点缀着大片枯黄
这傍晚的草甸，似乎期待落日这团火球
狠狠砸下，在瞬间点燃自己
了却漫长的荒芜

干涸的湖底，冬天拖沓的灰色长尾
水，一旦注入
它将波光粼粼地摆动起来
但此刻，它正布满宽窄不一的裂痕

一辆越野车，在土路边停住
男子摇下车窗，弹掉丝丝落落的烟灰
与涌上来的暮色，对峙

返青的季节，能否如期回来
哪怕春潮泛滥，也胜却这无边的苍黄
去年此时，他就这样
空等了一场

雨水那一天

从高处的旋转楼梯，往下走
你的笑容，就仿佛盛开在天上

这一天是雨水，却无雨无水
你身后，分明是阳光
正把户外的冰与雪擦亮
穿透椭圆形长窗
落在你的眼睛里，和裙裾之上
没有什么能够阻挡

你笑出声来，阳光
蜜蜂一般飞舞

其实，你是从天而降
踏着阳光的丝线
雨水，被阳光
抛在了半路上

2018年　雨水

冻土之上的铜雕

冻僵之后，你就不再感到冷了
严寒，对你已无计可施

血管里，流淌的红色的冰
就要停下来了
如同纵横交织的冰河，布满了身心

今后，无论何种柔情，都将是一种腐蚀
从此拒绝融化

挂霜的睫毛下，你的眼睛直视前方
左顾右盼的日子，让人纠结不已
如今，那样的痛楚，一去不返

怦怦跳的心，都是从前的事情了
现在，它正慢慢归于平静

像钟摆，垂到六点的刻度
嘴唇青紫，不再颤动着，试图说出更多

谁见过勇士饶舌
无语，储藏起奥秘和力量

冻土之上，天空挥洒一派钢蓝色
冷冽，澄澈
天地间，打开了旷世的寥廓

古铜雕塑，就这样落成
冻土之上，是亘古的苍茫

红 海 棠

这微型红灯笼，只有那么几盏
在纷繁的绿枝间，颤动着火苗一样的晶莹
吻那些就要离去的叶子
像一种热烈的挽留
而不久前，是叶子们的簇拥
让她从青涩中，慢慢溢出红晕

秋风，越来越撩拨得起劲
看她何时把持不住，跌落到树下去

穿过叶子和枝杈的缝隙，是一个
止不住的弹跳过程
却连一声惊叫，都没有

而地上，只是那么一点点残红
那细小的破碎
是这季节突然割腕
落日迸溅的血滴，点燃在一大片耀眼的金黄里

2018 年 10 月 5 日　哈尔滨一处果园所见

秋日祈祷

我向那片金色倒下去，稻香从低处漫涌上来
吻我的喉咙。我将难以忍住泪水

流淌的，还有蓝色的湖
秋风前夕，她一度寂然无语

鱼儿沉潜，白鹳飞起
惊动它们的，是雁阵刚刚没入天际
那撤退的身影。牵引的光线
中断了

遥看另一座城市，一把红伞
撑起湿冷的雨季，黄叶纷纷落进泥泞

映衬一个高挑的身影
她飘动的灰色风衣，成了孤独的旗帜

高铁通车，速度让远方陷落
一切，都突然涌向眼前
离别场景纷至沓来，变得应接不暇
一张张熟稔的面孔，从皱纹开始破碎
粉末一样，消隐于郊外的墓碑之下

我在金色中重又站起身，大地
回落到曾经的平复之中，犹如一泓微澜不起的静水
稻子的情绪，仅剩一点微微的起伏

夕烟飘摇着招手，说好在明天的日边等我
那么，谁将率先早起，踏碎秋夜的点点繁露
然后，把对方唤醒

2018 年 10 月 7 日　夜

梁大草房

这是外祖父的土地，他在这里长眠
这不再是他的土地，他在这里隐去

这是外祖父的村庄，他在这儿走完一生
这不再是他的村庄，他的房屋已被抹掉

他的院落、菜园、果园，他的羊群
已追随着他，四处散开
慢慢坠入了忘川

迎面过来一个面孔粗糙的年轻人
眼神真挚，乡情气息扑面而来
他的模样，分明来自外祖父

但是他摇头，只是指给我看
村口的石碑，上面刻着“梁大草房”

我又抬眼看这个村子，空落落的彩钢房子
蓝油漆屋顶下面，没有人影走动

冬天的大风，狂扫着颤抖如一页纸片的旷野
和涂抹在这纸片上那几笔萧索的村庄

2018年12月15日　安达市乡下

回 望

我走进车厢的刹那，不可能停在踏板上
回头张望
对父亲这样，对母亲这样
对故乡，也是这样

儿子现在要走了，连手也没招一下
也不曾回头笑笑
这浑小子，恍然仿制我的当年

我像我的父亲那样，盯住他的背影
直到消失在天边

故乡，就是这样在眺望中荒芜的

父母也是，我即将重复他们

白色石碑，站在摇曳的蒿草中
高铁，比闪电更锋利
削平了它们乱蓬蓬的属望

2019年2月5日

写给迎春花

岛上丛林漫延，陷在晦暗的冬季里
裸露的枝干，时有低语
旷日持久的大雪，竟不能将它们
全部覆盖

可晦暗中的林子，毕竟还是林子
不是横陈的戈壁，也不是躺倒的沙滩
是一片林子，就有抽芽吐蕊的天性
蛰伏在
你看不见的等待
和信念中

现在，隐身于林间的迎春花

率先打破沉寂，以一抹耀眼的金黄
预言一般，发出叫喊
昏睡的林子睁开眼，醒了

这时，你分明看见
这一丛迎春花语
诱惑了阵阵晨钟，和钟声里的祈祷

漫过教堂尖顶
和岛畔四周的水，它们
与一簇簇开花的枝头，相拥

2017年4月23日　哈尔滨松北区

春　分

暖意，从雪水的融化中淌出来
整个大地，开始泪流满面

球体正中的一道金线，分开了南北
温和的气氛，向两边弥散
几乎所有的人，都伸了伸懒腰

太阳，在云层的翻卷之上
需要抬头，才会看见她的和煦
你要睁大一双
寻找的眼睛

互相打个招呼吧

或急或缓，伸出藏在羽绒衣里的手
就如萌芽，挣脱着冰封下的沉默
挡不住的喜悦，即将蔓延成
植被，取代无垠的雪

虽然，你我的眉梢
还挂着些许的
冰碴

2017年3月　春分

第 二 辑

从远处看
那是万道玫瑰色
婴孩的光芒

太阳出世

他的第一声啼哭，激起
世界的狂喜
此刻，是一个圆心

红色的，小小房间四周
汇集了四面八方，所有的道路
汇集喜极而泣的泪水，花朵、绿芽
彩色气球，纷纷

然后，这些道路
又向外放射。从远处看
那是万道玫瑰色，婴孩的光芒

劳作和争斗，都停止了
向日葵们笑盈盈的脸，慢慢仰起
那个成了外祖父的人，矫健依旧
从藤椅起身，走向露台
他向自己的对手致意
这一刻，云淡风轻

他在选择原谅。那一声响彻宇宙的啼哭
让苍凉的心，柔软
仿佛接住了，蓝色的湖水
然后泼墨般把整个天空，倾倒出来
竟是一个无边的澄澈

太阳出世，勾勒出大地最初的轮廓
和群山之上，那一片慢慢扩展的晨曦

2018 年 6 月 14 日

写在友人陆标外孙诞生的日子

江边一幕

夜幕四合，但江水是闪亮的
如鸟的残月，片羽正飘落

长堤上，你匆匆行走
这样，似乎可以抖落内心的不安和惶惑
踏碎往昔的日子，和半生的孤独

而对岸，黑色灌木丛里
蛰伏着旧友，他无字的歌声将随时响起

身后，城市还在疯长
这个巨人症患者，一旦倒下
将堵塞整条河道，大水溢出两岸

它会在呼啸中淹没一切吗

但眼下，摇摇欲坠的不是城市
而是想要止步的你

在灾难抵达之前，你要去独自亲近
水面上闪烁的光亮

纵身跃起
双臂奋然前伸，你真切地听见了
大水的欢呼

2018 年 11 月 12 日

接站时刻

这灰暗的冬天，暮云沉沉
高铁车站的灯光，把离与聚的情绪
勾勒出一个不规则的轮廓

朋友在出站口的人潮里，停下来张望
当潮水退去
他的豁然一笑，从已花白的头发下面
从浅浅皱纹里，荡溢出来

这笑，还是我熟悉的
他表情上浮现的沧桑，唯有我
可以轻轻抹去
他的笑，被拯救出来

如同替他甩掉旧了的手套
让一双手，散发出固有的温热

他的笑，和那里面洋溢的纯真
是挡不住的
至于冬帽衬托的优雅，一身正装的体面
铁灰色的围脖
于我，都是滑稽的装饰

现在，我伴随着他满眼飞出的笑
穿过地下隧道，走向停车场
跨上台阶，他的身体忽然不稳
我扶住他的肩，心
不免一沉

但是，不断哈出的白色热气
模糊了当下。忘情交谈间
严寒被推远
此刻，重逢的喜悦
是唯一的存在

2018 年 12 月 9 日　夜

江边，音乐家雕像

他望着江面，头发是凌乱的
五线谱，是否真的再现了他的思绪
并没有任何曲调，被听见

一只喜鹊落在他的肩上
黑白色羽翅，醒目得如同一声呼喊
是否要唤醒
封闭在音乐家灵魂深处的音符
让它们，纷纷飞起

但音乐家是沉默着的
江水的浩荡，被冬天储藏
只剩下镜面的起伏，像一道道

激情过后的痕迹
他是否又在一遍遍倾听冰下的水声
那绛紫色的表情从未改变
或许，一份漫长的酝酿
将穿透所有的季节

思想凝固了，还有他那一成不变的站姿
比岸边的老榆树，更加沉稳
脚下，一片颤动的枯叶
正在犹豫中离去

他眯起的眼睛，紧闭着的薄薄嘴唇
稍不留神，是否会同时张开
有乐声，将裂帛一样冲出
然后，石破天惊

2018年12月16日　哈尔滨松花江畔

追　风　者

——殉难者蒂姆·萨姆拉斯自述

一刻钟之前
俄克拉荷马州的天还是蓝的
龙卷风拔地而起
像原子弹爆炸
刹那间
晴空成为黑昼

追风车 6.4 吨
六轮驱动　四面挡板
比老道奇坚固十倍
现在，280 公里风速

把它吹成一叶扁舟
扶摇直上风尖

车顶被狠狠撕开一道口子
四扇车门訇然洞开
我像一粒几微米的尘埃
飞了出去

龙卷风拦截车
反倒成了龙卷风肆虐下的残骸

我和儿子　还有一个同事
劫后躯体
散落在 5 月 31 日的埃尔里诺市区
各自相距 400 米

400 米
这是再也无法缩短的距离

惊险与刺激
那是摄影师一厢情愿的追逐
我们
仅仅为收集气象数据而来
却 再也回不去了

2013 年 6 月 4 日

海边男人

听涛。露台上的躺椅
空着。落日
慢慢侵入
水天相连处的波浪线
向海滩这边，做最后的远眺

中间，隔着一大片
愈发凝重的深蓝

双脚在细沙中
体会夏日的温柔
走动，或者躺下来
一无所想

这是谁的大海？层层潮汐
像举着无数白色手帕
涌上来，一遍遍地问询
有草庐和葵花的故乡
留在了原处
飞越山水千重，在这里敛翅
置放疗伤的日子

夜，像巨鸟落下来
以它肯于倾听的耳朵
收集海的低语
和你的心跳

2013 年 7 月 14 日

旷野，一匹红马

天空下无边的旷野
忽现一匹红马

俯首于青草之中
草没马蹄
安静地走动

而红马之上的云朵是奔涌的
像历史深处的骑兵战阵
卷起万丈征尘

这宁静如处子的马儿
大概无法怀念旧日的草原神骏

嘶鸣阵阵
起伏着马群的波涛
荡涤一路血色的苍茫大地

如今红马悠闲
马尾　轻轻地扫来扫去
它是祖上传奇远遁遗落的一朵红花
怀一腔纵横驰骋之梦的驭手
正把血火交织的灵光
打在红马身上
令它周身透亮

天地野旷
唯有红马一匹

2013 年 6 月 4 日

红 月 亮

下午四时
一轮红月亮 上了东窗

这红轮
比旭日圆润
温柔相视
不必担心灼痛眼睛

大街另一侧
夕阳分明挂在西天
惨白中尴尬极了
像一口下不来上不去的吊钟

红月亮
突如其来
占据在太阳反复升起的位置
像一个新的王者
令地上的人们
张大了嘴巴

红月亮
以一抹惊艳的火红
改写了黄昏

急于归巢的倦鸟
迷失了归路

弥留时刻

死是很遗憾的事　他忽然想到
不能拖地板了　邻居的摩托找回来没有
阳台上的盆景怎样了　小孙子谁领着呢
这一切无法弄清了　四周聚集着一群泪眼
只是到了最后时刻　人才容易感动
不是吗　从前他病倒时连女儿也不曾哭过
唉　活着时没想过该怎样活着
别后悔了　好在九泉之下老伴已等他多年了
死后竟回到初恋时节　可依然有些悲哀
活着的人啊　要抓紧时间好好活着
在这分界线上生命仿佛第一次觉醒
可已经晚了
说点什么吧　想开口却发不出声音

算了　其实无须叮嘱泪眼不正说明理解吗
白色床单白色墙壁　死是一种洁白一尘不染
活着有尘土迷过眼睛　走错了许多路
死了只有一个长处　虽说干净但到底不甘心
活着错了 100 次还有第 101 次机会啊
可死了是真理也终究遗憾无可挽回
真想喊出来
活着就是希望　孩子们我羡慕你们……

有一种银色的波涛在荡涤

雪以辽阔的覆盖
消弭了平原、山岭于人间全部的凌乱

宁静
有一件美妙而单薄的衣裳
叫作：雪

天使在上苍祥集
容颜成为难以窥见的神秘
只见白羽纷披
以云团的方式
从远方而来

当她们从高处纷纷扑落地面时
圣洁
就成了你看得见的
唯一盛大的景象
丑陋和肮脏
终于遁形了
虽然隐隐地知道它们还藏在某处
有一天
会像大大小小的黑色礁石
一一浮现
但是也正因此
我们尤其珍贵这个纯洁的时节
就像珍惜一段
终将远去的初恋

与冰清玉洁重逢　何其奢侈
寒潮和凛冽来袭
请不要抱怨
这无可回避的代价

雪以无边的洁白
释放了城市与田野内心
郁结了许多的浊气
这满眼起伏的一种荡涤

茫茫心宇
被一场又一场大雪所清理
还原一片澄澈
倒映着蓝色天空

那在遥远的雪线上跳荡着的一轮红日
是谁的一尘不染的心
成为冬天大幕徐徐开启时刻
一枚燃烧着的红宝石

白与蓝之间的空旷

雪花带来的只是一场沐浴
头上
是瓦蓝的冰

凉丝丝的触觉
如景泰蓝惊艳的肌肤

大地银白
是一笔无法继承的遗产
渗透，或者挥发
最终，都不留下痕迹
感恩的，或许只有下一个季节的植被
而他们

又从不言说

抬头，红日远远地镶嵌
在榆树林后面的沙堤之上
好奇地瞄着
一只独行的雪狐

天地间
这白与蓝的巨大空旷
容纳了
自由呼吸

2013 年 11 月 30 日　清晨

虚无的麦田

其实，看不见什么骨头、芦花
也没有麦穗，一望无际的麦田
只是上个世纪的遗照

眼前，起伏涌动的沙丘
这正在消解的大地肌肤
毒辣的日头，不放过
它的任何一道褶皱，或深或浅
无不烫伤

几条蚯蚓，弓着腰
究竟
能寻觅到什么

无论多么执着，他们都是孱弱的
无论怎样寻觅，都将一无所获

而我就要倒下了，旅途
将不得不收留
一个不再徘徊的人

这被暴晒的旅者，几近赤裸
正在挥霍
体内最后一点水分和钙质
然后，折戟沉沙，消去铁
让灵魂，轻盈地飞走

2016 年 6 月 23 日

我独来独往已经许久

因为远离海
这儿的风和黑色街面
一样艰涩
我渴望那站在海边的楼群
脚下和头上的天空都是蓝色的
那些古铜色和非古铜色的人们
同海风一道
无拘无束

当然有沙滩上的徘徊
以及呛水的时刻
可是我去意已决

朋友们消失于一幢幢无名的蜗居里
偶尔在电话里相见
深情渐渐消隐　或者含而不露
我独来独往已经许久许久

出走的人

1

大陆季风在你身后扑倒
跌落于海岸这边

枫林携手
敞开绵延的火红峡谷
洗涤你征尘万里的肺叶

可是你
依旧没能逃出自己
最初的内心

2

这秋意深深的抵达

远非终点

不过是

落叶遍地的一个驿站

跑完长途的马儿

刚刚卧伏在地

另一匹

又被牵出马厩

缰绳与配鞍

重又递到

你早已勒出一道道血印的手中

3

熟悉的门

在你身后纷纷关闭

天窗

将在意想不到的高处

开启
翘首时，你才会看见惊喜
屋顶之上
一道光亮

无须一味地等待
掩映于雪地深处
那曾经的悠悠钟声
再没有敲响

4

大洋
撕开了两块犬牙交错的陆地
天空，却连成一体
托举着大大小小的飞翔
满足着各自的方向

所以，腾空而起时
你不必惶惑

请相信，几分钟的颠簸之后
平静，将如同一份礼物
徐徐落进
你的心中

2013 年 11 月

早市上的画家

瘦瘦高高的男子，与他单薄的画架
插在早市摊位的缝隙，像一柱
缭绕的陈香

他勾勒着蹲在地上叫卖的小贩
歪斜的三轮车，新鲜豆角
和邻家大妈的宽檐草帽

他这样勾勒过发黄而脆薄的书信
剥落的壁纸，破败的土墙
勾勒过被踩扁的啤酒罐，脱漆的搪瓷缸子
垃圾箱里的花盆残片

和旧物们在一起，是否
他也成了旧物，却站在一抹晨曦里
站在喧哗的边缘，和假象的后面

那些消逝的，其实一直活着
那些残缺，其实一直完整
那些被你们抛弃的，他一直跟在后面
捡拾，像拾起你们的
一个个过错

我想走过去，致意
要是拍拍他清瘦的肩
会否溅起岁月的尘埃，纷纷扬扬
令我的眼，眯缝起来
然后，老泪纵横

2016 年 6 月 25 日

最后的站房

他说，这是即将弃用的站房
老墙斑驳，地面积水
今夜，是它的大限

匆匆行走的旅客，懵懵懂懂
穿过站房，如同穿过一个破旧弄堂
缓缓驶离站台的火车，和昨天
一样缓慢

他说，同事们正在新站房集合
没人让他留在这儿
他自己来走走，看看

没一张熟悉面孔，和他撞见

明天，旅客和列车，还有他
将在另一个更加巍峨的屋檐下
开启旅程

一个老摄影师跑来跑去，衣衫单薄
狂拍间隙，停下来问
老站房
还有停靠的火车吗
今晚，还有吗

他发问的声音，显得空荡荡的
老站房没有回答，他
也没有

2017 年 8 月 30 日　途经哈尔滨火车站

餐 厅

靠窗位置，为你空着
等待中，啜饮一杯柠檬

食客们来了，又起身走掉
他们是任何人，唯独不是你

宝岛眼镜店，在斜对面
闪耀金黄牌子
提醒一副近视镜，该换了

你，或许已轻轻来过
又走了

只是，沉浸在和手机的对视中
忽略了现场

剩下两把餐椅
一把带着余温，一把
独自清凉

2017 年 7 月 21 日　傍晚

海边城堡

我的兄弟把自己囚禁在海滨城堡
已经很久了

他放逐了尘世

在月色里遥望
海天之间
城堡黑黝黝地站着
一言不发

我猜他在里面踱着步子
或者，静静坐着

不知身下是否有一堆
可以随时点燃的干草

据说他已不再暴躁
他的思想早已漫过城堡高墙
连通了大海
而城堡自身，是平静的

风已经停止
他，把自己变成了一个绅士

江边的思绪

江边，列队而立的楼房
仿佛卸载的集装箱，再也不走了
失去的火车头，在哪里呢
这些屏风，阻挡了风的上岸

天际线，正在被一一崩断
像不规则的锯齿，咀嚼树木和草坪的碎末
也像垛口，吞噬了晒网和踏浪的日子

谁能挪开这一组笨重的体积，让江风
豁然敞开，自由地呼吸
呼出一支扬帆的船队，顺江而下
李白衣袂飘飘，突然出现在甲板上

凭空举着酒杯。而诗仙的周围
江鸥翻飞，似雪

我则以青草的力气
从集装箱堆起的废墟里，张开
轻摇绿色手指
喊出微弱的声来，向江心
致敬

命 运

一直往森林幽深处走，在前面出现交叉小径
就会遇见

他其实是我童年的伙伴，或者，是另一个我
我以为，我们早已走散
好多年了，他是不是一位耄耋老者
乱蓬蓬的胡须，面孔模糊
拄着拐杖，磨出光泽的杖身，弯弯曲曲
一肚子神秘的学问
不肯示人，却在林间彷徨不已
口中念念有词，听不懂其中的奥妙

但我这次，发现他了，森林里
谁，遗落一面破碎的镜子，沾满泥土
或者，就是为我而碎，在我必经的路途
刻意扎破我的脚
我在滴血与疼痛中，拼命擦拭，看见
镜中那个年长的家伙，尘满面，鬓已霜

而他布满血丝的眼，竟也在探究着我
目光相遇的瞬间，惊觉
命运，原来不是一个陌生人
我和他，终于在小径的交叉点
合二而一

像生者，遇到另一个生者
像少年，遇到了哲人
他在镜中现身，却为何
以枝叶和泥土，对容颜半遮半掩
为表示神秘，还是故弄玄虚

不是的！只是担心
刚刚醒悟的那人，会否因为羞愧
一头栽倒。落木
正萧萧而下

2017 年 10 月 14 日

被波浪抛回岸边的人

他端坐岸边，一动不动
置身于时间之外

但时间，这柔软的水
正漫过沙滩，这一片黄昏的前额
漫过他褐色衣衫每一道
倾颓而下的褶皱
和沾满尘土的鞋子
像无声的亲吻

然后，绕过这化石般的身体
继续走远

江帆、风声和过往行人的笑语
也一一走远

他眯缝着眼
不过是在晾晒一生的自己
斑驳的回忆，袒露无遗
除了回忆，他还剩下了什么呢

是被风浪抛回岸边
或者是，自己就要远离风浪
就这样
端坐于落照下的沙滩
一动不动

任水面辽阔，江岸绵长

2014 年 6 月 5 日

站在远处的人

生活，那里面
摆满了坛坛罐罐，优美的瓷器
那里面，人声鼎沸
我对这些，持一点虚无

是谁的手，从生活里伸出来
一遍又一遍，把我拉回去
每一次，都带着温情的粗暴

我乐于站在生活之外
远离焦点、聚光灯和漩涡
打量芸芸众生

如一位长者，在堤岸上
静观大水翻腾，浪花起舞
与他毫不相干
点燃一支烟，哪怕冥想时
烫伤手指，身心为之一颤

然后镇定，看日子前行
自己遗世独立

2014 年 3 月 30 日

给导演胡迁

每一天，都是同样的一天
原来，你也这样想

每天，都是这一件事
仅仅一件
其他的，全都消失
就像凌晨的路灯，天亮之前
一盏盏熄灭
既然这样，可以撒手了

你知道自己其实已经死了，能否复活
哪天复活，不再关心
但你

又分明活着，只是眼睁睁看着
自己的死，什么也做不了

为何不选择爬上楼顶，然后一跃
但，要选择一个好时辰
譬如，是个大清早
太阳在远处冒红，像一朵越来越大的希望
你投下去，一个完整的自己
双臂张开
给这来过的世界，一个大大的拥抱

同时，也像腾空飞起
把大地，了却

2017 年 10 月 14 日

有感于青年导演、作家胡迁早逝之讯

一个女子的传记

她走后，音讯全无

但一定还是那样
游走于商圈和大机构之间
表情时而高深莫测，时而淡定
或步入写字间，在电脑桌前坐定
指尖在手机屏上飞舞
眼神迷离，红唇依旧
一切，都是谈判的设置

当她快步走出某个酒店大堂
要么谈妥，要么谈崩
她走路的姿势，依旧挺拔

她的内心，猜猜看
或许只有一个字

她是都市的物种
要么追逐着中心，要么
扩张着边界
每一栋她穿行的摩天大楼，都是
立起来的超级巨书
银行、办事处、超市和快餐店
构成大量章节，撰写着她
图文并茂的段落

抬起头，一缕蓝丝巾飘动
她拖着银色拉杆箱
风尘仆仆，站在了我的面前

2018 年 4 月 27 日　傍晚

道 具

她一刻不停，在商海奔走
入戏太深
其实，一切都是道具
一袭碎花裙子便是
她不经意的笑容，和
款款而行的所谓气质，也是

豪华赌场，棚顶装饰着乱真的蓝天白云
这一座巨型现代宫殿
每个赌徒，何尝不是帝王
只不过，不以金灿灿的皇冠招摇过市

西服领带，雪白衬衫，甚至牛仔裤
他们在洒脱中，宁可亮出光头的干练
把控着时代的按钮，举重若轻
手指和眼神，只需小小动一下
便分开了黄金和泥沙的阵营
中间，是几乎无法飞越的断崖

她穿梭在帝王们中间，活脱脱一个公主
其实，仅仅是一场精心自导的客串
而她，从未走出这漫长的幻觉
她游刃有余地周旋，细细分辨
就是一场从容的表演

深夜，叮当作响的筹码
还不肯回到笼子里，这里
早已抹掉了夜与昼最初的界限

客房里的月光，这唯一的有心人
从床边踱过来，低头察看她卸了妆的脸庞

月光一样苍白的脸，分明是一张白纸
并无一点血色

2018 年 9 月 21 日

雄性的冰排

寒风肆虐的季节太过漫长
还有几个人能接着忍耐
冰排在炸裂声中卷起千堆雪
冬天　松动了

倾听着稀缺的鸟鸣
江面
像灰云委顿于地
匍匐在两岸之间
再不能扇起宽大的羽翼

披霜挂雪的岸柳之下
踱来一个灰色棉装的冷峻男子
面朝大江

他是冰排早早预约的知音么

不远处
江畔餐厅尚无食客
它的欧式尖顶以无声的锐利
刺破江头的阴云

船帆在冰排的身后
终将异军突起
但眼下
江面异常开阔 阒无一物

风凛冽
雄性的冰排从天际奔来
低低吼着 左冲右突
它那激荡的春心
谁能阻挡

封冻的江面
喘息声愈发粗重起来

曾经一成不变的底色
开始模糊
并有泡沫泛起

这绵延无尽的巨大镜片
正渐渐支离破碎

2013 年　早春

惊　蛰

都走到惊蛰了
还和深冬一样，袖着手

似雪非雪，似雨非雨
从老旧的屋檐滴落
含混的碎语

这模糊不清的季节
让谈论天气变得艰难
风透骨
嘴唇青紫，说不出
更多的词

冻土下面，草根深藏不露
要是春雷不肯发声
它们就决不蔓延

乌鸦，跳来跳去
诠释着单调的日子

2014 年 3 月 5 日　惊蛰

第 三 辑

更多的光开始涌入
一份越来越明亮的期待

冬 至

明天，太阳会早出来那么一点
只需熬过今夜

最漫长的夜，今世不肯撤离
雾霾，是他的最新伙伴
邻家的病人，死在这黑的最深处
没能赶上好时辰
家人的哭泣，能否挽留住
他破碎的影子

无边的夜，耗费了太多大地上的灯火
失眠，失神，噩梦
迷路者，像一团无法清理的杂乱证据

堆砌于失去行人的冰冷路途
呻吟断断续续，直至
归于沉寂

今夜，依然有人醒着
也有许多人，在天亮之前
又懵懵懂懂睡去

但是，不一样了
从明天起，白昼将一点点延长
夜，不再无所不在
哪怕寒冷加剧，也变得容易忍受

更多的光开始涌入
一份越来越明亮的期待

今夜，我要披衣而起
我将以盛大的不眠，迎接一场
徐徐而来的日出

手　机

手机摔坏了，再也没什么消息
传来。淡定五分钟后，凌乱了我

一个下午，就活在自己之中
而自己，不过是一台
慌乱的呼吸机罢了，心跳如鼓

座机不响铃，一直呆坐，很多年了
偶尔响起，会吓我一跳
今天，它坚决无声无息
替代品的角色，原来它也放弃了扮演

站也不是，坐也不是

我担心，我已漏掉了整个世界
而今天上午，我还一直渴望隐入深山
越深越好。此时我揣测
或许王维，其实也寂寞，只是
他不这样写

直到有人冲进来，说手机
修好了。我看见
屏幕重新亮起，酷炫出
一股刺耳的旋律

就像扎了一个过深的猛子
我和这个世界，重新浮出了
水面

2017年9月6日　哈尔滨玉山路

窗外的秋天

一层玻璃，把秋天
隔在了窗外

长街的灯杆上，矩形的旗帜一字排开
和车阵一样，望不到尽头
风，一定很大
不然，落叶怎会如褐色鸟群
纷飞

我的身后，是病床，是病床上的父亲
是他偶尔的咳嗽、呻吟
一把年纪，压缩成一张小小床位
和床头名签

他的块头，曾经何其威严
从未想过会轰然倒下
他的名字，多么神圣
至今，我不敢读出它们

现在，他竟轻如一枚松针
落在病床之上
颤抖，也如落叶
我，止不住自己的诧异

站在窗前，目光
垂落于父亲之外的任何一处
无语之下，布满了回忆和疑惑
室内，安静得几乎爆炸

一朵洁白的身影，更换袋装输液
一双纤纤素手
似有若无，却给出了某种暗示
仿佛过去和未来

正于现在之中，发现了彼此纠缠的影子
并且，泪光闪闪

风声带雨，擦拭着窗子的明净
室内室外，时间已很深了

2016 年 10 月上旬

自　燃

一辆紫色老式轿车当街自燃
烈焰升腾，只在一瞬间

我猜测：那一团
发动机四周缠绕的线路，厌倦了
陈旧不堪的自己
被反复敲打和修理，像一种
不值得过的日子
于是，借助一场白花花的正午
日光倾泻
让这把迅疾的火，做个了断

纷纷躲避的车辆与行人

消防车的凄厉叫声，和灭火泡沫
喷出的白雾，显得过于慌张

其实，这辆车
不过是让一寸寸
老去的疲惫和愤怒，戛然而止

火熄了，隐身于内部的钢铁骨架
摆脱了积压太久的重负
直立起来

像一组惊叹号跳出最后的灰烬
伤痕累累，却挺起昔日的锐利
和峭拔，站在了
天空下

2014 年 5 月 30 日

2017 年 5 月 11 日整理

雨中消息

他在千里之外逝去，老天
把泪雨抛下来，一道道雨线
垂直着
注入大地低沉的心

风，在远处屏住呼吸
不肯摧折直落的雨
同时，让头顶之上的阵阵雷声
更加清晰
那愤怒的嘶吼，卷起千堆雪

然而，大雨中的人们
都低着头，只顾看着脚下的泥泞
在惊恐中奔跑

高处，是那雷声，那飞渡的乱云
以及自上而下
倾注的泪雨
让困在病床上的灵魂，破窗而出

它们和他，在我们无法企及之处
将彼此相迎

而雨中的万物和人，只是低垂着
与倒伏下来的芦苇一起
贴近泥土
发出窸窸窣窣的声响
在犹疑中，放弃了
仰望

2017 年 7 月 12 日　绥芬河

高铁上的眼睛

透过高铁车窗，你会看见我
专注的眼神，吸纳沿途全部风景

庄稼、树林、村庄、湿地和草原
连接在一起
它们一刻不停，奔跑在我的视野里
如果我不够专注，就会彼此错过

一旦错过，伤心的，或许不只是我
此刻，它们全部是我的痴爱
我用目光一一抚摸它们，甚至
鞭挞它们，但
只此一次

车厢里，人声嘈杂，有一对
恋人的絮语和哧哧的笑，持续很久
望向窗外时
同类，那些起起伏伏的欲望
那些微不足道的涟漪，落在了身后

而窗外，我无垠的心，展开辽阔的风光
和坦诚的大地，水汽丰盈

看吧，浩浩荡荡的马群
就要从那里面
涌出

2017 年 7 月 29 日

失 眠

我放任着失眠，这个夜里淘气的孩子
四处乱窜。随便他折腾多久

夜很深了，外面一直下着雪
在路灯的光柱里，雪和失眠彼此照亮
其实，我并没有什么心事
需要袒露

这重复的日子，这雪夜的深不可测
让我放逐了，这份奢侈

在书房和卧室之间，我走来走去
床，不再是一种诱惑了

失眠，像嘹亮又固执的歌声，我听得见
况且，雪花
在起劲地伴舞
我的眼神空荡荡，并不试图看到什么
只收容，神秘的寂静

失眠这面破损的镜子，终于照出了
世界终止时的模样，原来
它与黑夜合体，只以沉寂示人
盖住四周全部的声音，唯有

一个人的喘息，泄露了
活着的秘密

无语的冬天

这是清晨，通向无轨电车站的路上
一丝风也没有，只剩下
干巴巴的冷

杨树枝上的叶子，居然
浓浓地绿着
这些坚强的叶子们，用什么法子顶住了
一波波浩荡的北风
在枝头，取暖似的，默默簇拥
像受难的幸存者

只是，不再发出响动
似乎稍稍出声，就会周身震颤

脆弱的枝条，已无力承受
即使每一片叶子，都轻如羽毛

路边的博物馆，大门紧闭很久了
像一个迟暮的长者，待在独处的日子里
沉默中，任你领悟，或者从无领悟
多么渴望，一群街头坏小子
前来，调皮地擂门，门环被突然叩响
铁皮屋顶，光滑得无法攀缘
而四周的高层住宅，纷纷向它投下重重暗影

这是星期天的清晨，冷寂中纹丝不动
风，逃得不见踪影
冬天，连同它的冷酷
失去了语言，甚至无法命名

在去无轨电车站的路上，冻得伸不出手
这莫名的冷，令我猝不及防

我的褐色手套，此时躺在卧室抽屉中
等着被翻找出来

灰 烬

烈焰，也只是从前的事情
现在，只有灰烬

灰烬，也是从前的事
现在，只有灰蝴蝶
在旷野里飞

不，旷野，也是从前的事
现在，只有楼与楼之间的空地

一台推土机抛锚了
沟壑边上，翻出新鲜的黄土
黄土上面，哼唱着
百无聊赖的风

雪地钢琴

穿过白色斜拉桥，走下缓坡
雪地上的钢琴，覆盖着一层薄薄的雪
像谁家女子，披起了婚纱

琴键隐藏着激情，和乐音，是否期待
寒风那无数莽撞的手指，前来弹拨
或者，某个练琴的少年，偶然从琴边走过
突然驻足，发出一声惊呼
然后，触碰琴键

岛上的钢琴，守在岛上，看取了晨昏与季节
放置它的人们，早已音符般走散

而今，我独自站在琴旁
代替那些落英缤纷的怀念，行注目礼

游人稀少，喜鹊低飞
岛外的江面，托举着长长的钢铁大桥
列车穿梭其上，来来去去，却再无汽笛的鸣叫
似乎为钢琴的激越之声，腾出了时空
这冬日的寂静，看来是一段留白

雪地钢琴，所有人，都在等你奏鸣
岛上的森林，渴望被音乐洗礼
全部沉淀的记忆，要重新发出呼啸

钢琴，响起来吧！

郊外稻田

我往前走，路便向后退去
城市，也向后退

我不打算掉过头来，那样
路又倒过来，向另一个方向
反转
我和城市，又会迎头撞上

我只想背对着城市，往郊外走
稻田，在我眼前徐徐展露
我走近一步，它就放大一点
一幅金色的画面，在地上打开
似乎手指上挑，它就能悬挂起来

我的眼睛，省略许多
譬如塑料袋的纷飞，裸露的尘土和碎瓦
稻田边缘，几间低矮的房舍
甚至，雾蒙蒙的天空
我也省略了

我只是对那一方稻田，目不转睛
它和池塘相像，就要泛起波纹
很安静的样子

这是当下，我唯一的风景

雨　季

雨云在城头堆积，天拉低了自己的宽大帽檐

我试着伸出手去，扯下
云的布匹
反复擦拭窗子，让它和心境一块明亮起来

太阳是不能奢望了，那就先让闪电
划开一道迅疾的光
猜猜是谁的手，执一柄长剑
挥舞于天地之间

闪电，挑开漫长的雨季
令雨丝也在奔跑中，突然
看清了自己

大街上不见人影，只见雨衣的闪动
和飘摇的伞
疯狂摆动的雨刷
慌张而匆忙，都在徒劳地躲避，无法
真的避开
这一场盛大的洗礼

楼顶吹风

我在风的吹拂中擦窗而走，路在消失
云自身就是
宽大的翅膀，变幻着无穷形状
但是，他的头部在哪里
鸟儿细小，只做零碎的腾跃，有奋力之姿
缺乏大雁的高度

其实，云也好，鸟也好
只是依托着风赋予的命运
观察很久，才悟出无形的风
无处不在，残羽飘落无数
又被他悉数收走，不留痕迹

看来，风是一直不会停的，尤其
在荒漠扩大的年代，更加撕扯天空
而天空，任其肆虐
蓝色，逃得更远
无论你手臂伸得多长，够不到渐行渐远的澄澈

我飘摇在半空，临窗的高楼
是水泥铸造的枯树，被风的呼啸脱尽了叶子
下面的街心花园，渺小如一眼井台
一株独自曼妙的梨花，依稀可辨

我看见风正俯下身，低低地赶过去
唉，那一树梨花

2017 年 4 月 29 日

闪 电

闪电只是以瞬间，勾勒乌云密布的天空
让我在刹那中看到，阴沉沉的形状
在缓慢中变幻，如同棉田翻卷
然后，随着光的倏忽消失
沉闷的上苍，重又扣上了它的铁色锅盔
让我怀疑，闪电，是否真的曾经划过它的铠甲

闪电的确来过，其速如裂帛，也如飞剪
裁开了湿漉漉的牛皮纸
只是，滞涩的乌云弥合起来
仿佛不曾遭遇这一道创伤
以合谋和聚拢的惯性，化解了闪电的光耀

其实，闪电并不在天外，它继续隐身
于浓云翻腾的内部，于云块与云块的冲撞之间
随时爆发，像一种偶然
又像是黑暗自身，积蓄了叛逆力量

我在地上，看见乌云似乎遮蔽了一切
暴雨来临。但是，请等一等
闪电刺穿雨云，撕开天空
把风景和万物照亮，或许就在下一秒
发生

2017年9月22日晚20许　哈尔滨雨夜

一座教堂的消失

最初，一座完整的教堂映入眼帘

镜头推进教堂内部，烛台明灭，气氛幽深
看得见
牧师的眼睛，和忏悔者流淌的泪水
看得见唱诗班的孩子们
因稚气而虔诚起伏的呼吸

看得见管风琴、条形彩窗和穹顶之上天使的飞翔
看得见教堂的大理石立面、柱石和尖顶
看得见整座建筑，在蓝色天宇之下
清晰无比

然后镜头拉开，建筑变小了
周边的原野在扩大。哦，不是什么原野
是遍地的瓦砾，是大片的废弃地
悬置着一座孤零零的教堂。废墟上的教堂
而天边，正有乌云涌来

镜头继续拉开，雨云布满了天空
压低了教堂，让它置身于晦暗之中
大地，陷入单一的灰色
等待着浇灌吗？或者，一无所待

镜头上摇。教堂，变成了一个极小的点
仿佛稍稍眨一下眼，它就要消失不见

最后，大全景
雨未下，天空只是一味地阴沉着脸
大地愈发收紧，似乎在寻找什么物件
而教堂，已经消失不见

秋天的华山路

秋风代表渐凉的季节，游走在我的毛衣和帽檐上
并馈赠我以飘飞的黄叶、偶尔的断枝
似乎试图打透我厚重的穿着，和脆弱的心脏

大青杨，高且直，像勇士分列两排
护卫着甬道

红砖砌铺的甬道
窄而悠长，这古典诗词里抛下的一段句子
一路悉心收集落叶

但十字路口的繁华，还是打断了甬道
这僻静处残存的优雅

落叶，就要脱开甬道四散而去
况且，保洁员的扫帚，一直不停地扫来扫去

秋天以大风为前哨，侵入了这片林子
拼力摇撼着树冠们
这些半空中连绵起来的一座座宝塔

林子，用一个夏天支撑起来的蓬勃信仰
枝繁叶茂。其实，经不起风动
秋声大作，慢慢盖过了
曾经的蝉鸣

凋零中的树冠，光秃秃的枝丫
开始裸露出来，像几柄残剑
挑开了天空的腹部

登　高

这个中年人，常常登高望远
从一座山下来，又奔向另一座

他鸟瞰山下，那遥遥在望的人间
有一种棋盘似的秩序

城郭，零星的树
都在最佳地点，生长
大雾中的原野，水线一样流畅的高速公路
藏着许多奥妙
汽车飞驰，没有一点儿声息

呆呆立在山顶
风把思绪吹远，就像鸟群散去

但最终，不得不走下山来
担子，像一种命运
重又落回肩头，他踉跄而行

就这样，一次次上下折返
构成长长的徘徊

2018 年 4 月 26 日　金龙山之夜

半　路　上

他的身体走在路上，两边的树叶哗哗作响
耳朵却未倾听

头颅有着另外的沉重，里面
压着无字的石碑
假如停下脚步，就无法再走动
会变成一棵树
在路的中间生长，挡住行人去路

谁都会不得不停下来，察看树的奇怪位置
或者在迟疑中，缓缓绕开
他们或许会想，它为什么长在这里

只能这样告诉你
它的前生，是一个男子
一个被思虑拖住了脚步的人

2018 年 7 月 18 日　下午

车 祸

爆响，一阵惨叫和呻吟
然后，都结束了

交警，面无表情
只是，偶尔挥动一副白手套
稍稍刺眼

阳光恍惚，掠过一格又一格
大墨镜一样神秘的车窗

车膜，过滤了外面的世界
剩下一抹
虚幻的平静

2018 年 4 月 27 日　晨

下午咖啡

黄红相间的无轨电车，载着爱情
和一对长辫子，驶过老照片里的时光
消失在咖啡街角。这，令他怀念

他想，除了看得见的人的葬礼
万物离去的告别仪式,都在哪里一一举行?

譬如无轨电车，停泊在了哪一个年份
被谁的大手和铁锤，一一拆解
丢弃在秋日的午后
他以目光轻抚狭长街面，无法记起

面包石街道，失去无轨电车许久的伙伴
躺在流年的夕照里，回忆如光影斑驳
渗进石头缝隙，和忘川

柳叶，从那一年的车顶悠悠飘下
落在杂志的封底，便不动了

街边的咖啡卡座上，一个中年人，独自啜饮
对面巨幕影院，涌出一群散场的年轻人
快乐地四散。他怯怯地望着
想拉住其中的某一位，说点什么

但最终，他没有起身

2018 年 3 月 24 日　哈尔滨，果戈里大街

陌 生

在遍地泥土和管线纵横的工地
已无法分辨上班的路
在一片混沌和茫然中，努力找到秩序
这，是我每天的命运

街道被挖得惨不忍睹，这不是最后一次
它无法治愈的创伤，将迅速被光鲜的柏油路埋葬
成为彻底封存的旧事，再也无法回到阳光之下
甚至，连传说也不会发生

这里，曾经是一座城市的制高点
路从南向北延伸，像一条灰色飘带
两侧，是建筑博物馆一样的楼群传奇

如今，它的高度正被削去
像一座山岭塌陷为洼地
而见识过它的近邻们，正在白发苍苍地老去

四十年的丁香林，一夜之间被砍伐殆尽
代之而起的，是一条窄窄的人行道
局促得让你侧过身子
拼命呼吸，也难重温那流溢满街的一缕缕芬芳

高大的金黄色火车站，正突兀而起
纷纷死去的，是周边大片区域
无数树木、房屋和街巷
像一场场无须打扫的阵地，连废墟和残局都已清除
从此绝迹

我在迷路当中，依然努力倾听他们的哭泣
但不见一滴眼泪，是内心焦灼的大火
烧干了所有的水分和血液
每一扇破损的窗子，那些空洞无神的眼
似乎凝视着什么，其实什么都没看见

我熟悉的街区，再造成新的热土
强加给我。它的凌厉攻势
灼痛了我的全部神经

2018 年 9 月 21 日

一场风花雪月的事儿

雪花纷纷扬扬落下来，天地都白了
黑色枯枝，也颤抖着白了
头发，也跟着一起白了

这场雪，经不起温柔的诱惑
春天的舌尖和嘴唇
只轻轻一吻，那一场声势浩大的白
溃退为不成样子的水

匍匐在淡绿的裙裾之下，如一汪
风花雪月的泡影
照出天和地的一些片段
那些惯常的灰与黄的模样

这雪，像是大大的虚构
暂时的遮掩，脆弱而单薄
最终，万物的喧哗
重又打破了无法持久的寂静

我躲在窗子后面，目睹了盛大的演出
玻璃上，布满一道道泥水
那是雪哭过的痕迹

呕 吐

那不是波涛在汹涌，而是痉挛
大海的痉挛，从未停止

这一次，他的胃部剧痛不已
大海，并非无限度地容纳一切伤害

从他的胸腔里，喷泻而出的
是你们的塑料、漂流瓶和各种垃圾
还有死去的海藻，海星也黯淡下去

现在，陆地就是任他挥霍的沙滩
必须扩大这片沙滩，否则海
再也容纳不了这些呕吐物

他突然爆发的哭吼，其实就是冲破了太久的压抑
你们偶尔零星的忏悔，在大海的壮阔面前
贝壳一样渺小
最终，你们无法荡涤自己的罪恶

现在，就把这一切还给你们
看你们能把自己的罪孽，到底安放在何处

呕吐之后，大海还在不停地喘息
它的面孔是暗灰的，布满了宽大的褶皱
此时，大海疲倦地躺着，仰望
蓝天这面大镜子，看他如何揽照
手足无措的你们，和你们从不自知的丑陋

呕吐之后，哭泣之后
大海正在积蓄扩展边界的力量，他就要上岸了
陆地将变为他麾下永久的沙滩
这只是开始
当沙滩也最终被他沉入海底，变成新生命的产床

大海的波涛，将化作蓝色的欢笑

喧哗着，与天空拥吻

2018 年 9 月 25 日

噪音与呻吟

你并不能清除噪音，这是时代的赠予
请在里面，慢慢寻找音乐

月亮不是升起来了么？虽然无枝可栖
把它当成一只飞鸟吧
但不要指责它，脱落了羽毛

当把一座森林整片放倒，露出大地新鲜的肌肤
荒凉，也将剥夺月亮周围的大块云朵
它袒露的，是一团无助的灵魂

一位长者唱着史诗的断片，从天边现身
衣衫褴褛，以铜盆为鼓
仿佛要用清瘦的长臂，重新开启一个纪元

但海水撤走了，似乎去寻找森林
他的前世恋人。就像蓝宝石
去约会绿宝石
有谁理解，他莫大的愁绪和相思

蚊蝇，从残存的水洼中飞起
想去捕捉残存的一点热血
而人群溃散，饿殍倒在光秃秃的山岗上
对噪声充耳不闻，只有风声鹤唳

长者微弱的吟哦，断断续续
像在风中飘荡着似有若无的风筝
听起来，只是呻吟

2018 年 9 月 25 日

慢跑中的偶遇

迎面跑过来。离我很近时
那人的眼神一下子亮了
此前，那双眼睛甚至是黯淡的

这时节的树林里，金黄的叶子们
正在舞蹈，像终于挣脱了什么
有甲壳虫乱撞，有蜻蜓要落在鼻尖上
我，似乎是
刚刚被认出的某个熟人

经过我身边，男子几欲停步
但我无意中错过了，一个同类的致意

是否在哪里见过
但此时，他已跑出了林子

甲壳虫和蜻蜓，也在猜想我
为何不肯打破自己
匀速的习惯。而色彩缤纷的秋天
正徐徐落下

2018 年 10 月 3 日　下午

出 院

太阳这枚红色按钮，终于开启了白昼时分

鲜花、牛奶、阳光和上学的孩子
被送到大街，和街路两侧

开门的早餐店，瞥见公交车徐徐开来
人们，从睡眠中纷纷复活了
排起长队，上班

夜晚这辆垃圾车，把梦一一送往忘川
刻意抹去循环的晦暗
路上，有残梦散落
新的一天，又从短暂的死亡中再次苏醒

我走出清晨的医院，像一个幸存者
在复杂的情绪中，含着一丝莫名的感激

昨夜的逝者白发散乱，彻底结束了与生的纠缠
他走时，长长吁了一口气
家属们的眼睛布满血丝，却空洞无神

我在十字路口的灯杆下
停住脚步，一颗逃离的心
却催促不已。在红绿灯闪烁的间隙
我思考着，究竟该去哪个方向
早餐，一时间还没有着落

身后，医院住院部楼体的大面积阴影
笼罩了半个街区

2018 年 11 月 9 日

江 水 瘦

那奔腾的，那咆哮的，那呜咽的
都过去了

甚至曾经的悲伤，也是充沛的
滔滔而下，直抒胸臆
像一个伟丈夫
长天为之垂下乌云的眼帘

最初嘶吼，后来浩叹
最后是呻吟，都止不住一天天的消瘦
随风去远

剩下疲惫的河床，这道巨大鸿沟
松针扑落，一片枯黄

狂风从天外赶来，作不间歇的追问
一声声，是何等凄厉

2018年6月5日 松花江边
11月13日再改

秋 风 里

风声大作，从树根的裸露处往上吹
叶子在枝条上翻转，欲落不落
似乎无法坚持太久
像颤动中，一段最后的叮咛和衷曲

在茂盛的时节，什么都可以忽略
如今，安全感在枝叶间，正慢慢滴落
夏季的热烈，剩下淡绿的痕迹

从树叶的缝隙中，看见了天空在破碎
风，试图缝补
这枯黄日子的千疮百孔

它留下针脚，成为林荫小路
一条纠结的弯曲

2018 年 11 月 1 日　哈尔滨东郊

一道雪景

没下雪时，所有盼雪的人
眼睛都蓝了，像一只只老猫
盯着冬至的天空

雪终于落下，这久违的朋友
人们的喜悦，却消失了

抱怨涌起，譬如高速公路关闭，譬如
出行艰难
几个小时前，还在为雪而祈祷的人们
纷纷换了另一种面孔，另一种语气

雪地上撒欢的，只有一个勇敢的男童
他的母亲，追在后面大声呵斥
把他拖回车里

我狠狠摔开车门，向那一对母子走去
走了一半，我忽然变得迟疑起来

2018 年 12 月 21 日　哈尔滨

和自己再见

雾霾堆积在窗外，雪的音讯全无
夜空浑黄，那是路灯的反光

身后的客厅里，电视剧
还在饶舌
许多年，都是这样
让头疼的那人，决绝地转身

撞开阳台玻璃，霜花颤落
碎裂声响起

并非有何不满。相反
惬意来袭
像婴孩的赤裸，摆脱了摇篮里的温柔

双臂张开，他和自己再见

2019 年 1 月 13 日
1 月 16 日改

无雪的日子

冬天，是大风吹干了它饱含的水分么
明晃晃的光耀，大摇大摆
成为赤裸裸的恐吓
街角的秘密、甜蜜的闪身、独处和宅男
暴露在晴空之下，毫无遮拦

寒意，挥舞着一把把锋利的刀子
穿透了身与心
血涌出的那一刻，便干涸
结痂的伤口，冒出缕缕青烟
雪花，纷纷逃往南方

这是大火焦躁起来的前奏！如果
不能有水的滋润
如果，飘忽的阴影袅袅
那乐音一样的曼妙，无法
隐现于经纬交织的街道和小桥
连接起月牙和一个少女的梦

燃烧，将以奔突的怒吼
撕碎薄纸一样的
病恹恹的春天，让它缤纷的碎片
化作漫天大雨

2019 年 2 月 24 日

茶 歇

高楼大厦们泊在落地窗里
我的视觉，感到窘迫

从前繁忙的码头，汇合着货船和集装箱
水手上岸，和装卸工一样
散发出咸涩气味

现在整个时代，就是一座看不见尽头的码头
它遮蔽了海水和天空
在动与不动之间
堆砌着各种庞大的体积
零星的人影，瓢虫一样闪过

而你
一直背对着窗子，脸庞和目光
罩在细细的暗影之中
声音很低，暧昧着表情
短暂的茶歇，把自己和对面
那位停下来倾听的伙伴
隔离于一小片脆薄的安静里
这般美妙
时代，被挡在了窗外

明晃晃的光线，在你微微耸起的肩头飞舞
似乎，要剪碎跳荡的暗影

这是在写字间，捕捉上午露出的缝隙
像狭小船舱，碰见一本丢弃的童话
目光流转
茶几上的文竹，悄悄笑出一点儿声来

2019 年 3 月 13 日

暗　紫

这堵老城墙的暗紫，被阳光炙烤
墙皮粉化，那破碎的部分
一道道，鞭痕似的隆起
像浅浅的浮雕

这淤积下来的血腥，棺材一样
横卧在大街边上，醒目
却无人悲伤
因为，那样的腐朽和死亡
已是陈迹

不知为何，它竟一直以暗紫为傲
这颜色，比夜的墨黑更为古老

却抵不过今晨，白玉兰怒放的一树纯洁
留住行人纷纷的脚步

2019 年 3 月 14 日

第 四 辑

穿过这么多的山与水
我的一叶轻舟
正随狂泻的瀑布飞流直下

昨夜，我不在那座城池

昨夜，我不在那座城池
有人无意中挥一下手
黄昏就滑落了。星星却未见升起

护城河干涸见底，裂痕纵横
理不清往昔的线索。在渐渐的黑暗中
所有场景，都愈加模糊
谁还打算看得清晰，就像它的最初

灰色古城墙，在缄默中站着
那是直挺挺的将士，与他们的铠甲
风化中，未留下只言片语

城池还在固执地讲述
狼烟、烽火和残破的古铜镜
时光在身边打转。
似乎砸开墓门，它们将鱼贯而出
一切，都未曾死去

但昨夜，我不在那座城池
即使我乘高铁狂奔
把所有当下化作纸屑，一股脑抛给身后的风
也无法赶上
它拖着自己破碎的情节
和暴起的烟尘，一道陷落

我已无法回望，也无须回望
穿过了这么多的山与水
我的一叶轻舟，正随狂泻的瀑布飞流直下

2018 年 5 月 26 日　哈尔滨

地段街之夜

整个城市，一座昼夜轰鸣的巨大工地
塔吊、脚手架、绿苫布、运土大货车
纵横的沟壑，打工者的灰色制服、黄色安全帽
这杂乱的底色，讲述着一个城市的突变

滚滚车流，消失在深夜
像流干了的水，只剩下道路的河床
躺在工地四周
老教堂，低矮的小巷，模糊不清
幽深中，只有摇摇欲倒的颓败

夜色无边，这加班者无依无靠的背景
月亮，已经躲得很远

而多年前，她一直挂在树梢上，伸手
即可触碰她的一丝凉意

我，城市最后的幽灵
站在老石桥曾经矗立的地方
连残破的桥墩，也被清理得了无踪迹
老桥头堡，活着时总在倾听汽笛
如今皆成一个人记忆中的旧事

不是在这里试图寻找什么，我
只是一个迷路者
陷入工地的混沌之中，拖着一颗无处停泊的心

2018 年 8 月 22 日　哈尔滨市地段街头

巡船胡同

时间把船坞拆解得不剩一块残板，而江水
依旧运送着秋天，竟毫无负担

水面之上的叶子，在岸上枯萎，却在水中
让金黄的颜色湿润起来，证明树木
也有藏匿在年轮里的梦乡，水一样辽远

而巡船胡同，从未停止对岸边的凝望
它曲曲弯弯，延续着旧日的愁肠

一个女孩子，在头戴蝴蝶结的夏天
懵懵懂懂，走完了父母呵护的最初时光
而今天，她已无暇光顾这里

静悄悄的胡同，这倾听江水的长耳朵
在等待她归来的足音

古铜色渔夫，倒扣在沙滩上的木船和桨
斜靠在博物馆的壁画里
而前来踏访的摄影师，在低矮的红砖房驻足
渔夫是否再次栖居，已无从寻觅

从门楣和窗棂的破旧与斑驳中
他依旧看出
船体，隐现于胡同那收敛的眉眼之间

2018 年 9 月 19 日　松花江畔

高速公路上

高速这柄长剑，直插正前方的云端
残阳在与大地触碰
一缕鲜红
而渐渐暗下来的云
变幻着无数层叠的城堡，王子和公主
或许已隐身其间

再加速，就会飞起来
摆脱灰色跑道，和大地

两侧，浓密的树林和连片的稻田
分明是黄金锻造
让傍晚，闪耀出炫目的米黄色光芒

很快，这一刻将被夜的长袍
藏匿起来

流线型的车体乳白色
飞快滑翔的鸽子
突然，它越过脆弱的防护栏
扑棱棱扎向远处，似乎发出声响

那最后的一抹血色，一片纷乱的断羽
惊散了树梢上，欲归巢的褐色鸟群

2018 年 9 月 23 日　庆安——绥化路段

秋天里挣扎的大水

白色鸥群，翔集在江面上
像一场冬天的大雪，提前降落

在秋天里挣扎的大水，慢慢变凉
迟缓地流动，似乎等着带离更多的落叶
枝干，在岸上挥动着消瘦的胳膊
向远行的金蝴蝶，作别

水中的小鱼，是我
混迹于水面纷纷的叶子
那些瑟缩的小舟。时而挤在一起
时而分开。它们是脆薄的
却让我躲开，被啄食的命运

这样的凉意，会一天天加深
直到冬日，在水面铺上一层晶莹的镜子
分出两个世界。然后
江鸥散开，枯树在战栗中止住了呻吟
平静就降临了

2018 年 10 月 16 日　哈尔滨松花江畔

江边的玫瑰

低着眉眼，她从江畔俱乐部走出来
他看见了。她却一无所知

抑郁，穿透了她的整个身体
她缓缓走着，若有所思
后面跟着一个年龄相仿的男子

那男子是殷勤的，一直不停地对她说着什么
她心不在焉，走在自己的心事里

想大声叫她的名字。
站在路边，他这样踌躇了很久

直到她的身影
隐没在一片灌木丛后面

他觉得自己，被放逐在一条失语的路上

2018 年 10 月 16 日

易水之上

每一条秋天的河流，看起来都是易水
一柄明晃晃的长剑，把山劈开
时间撕裂了，风的号叫是一种扫荡
袒露寒冷底色

船，是江水抬起的头颅
不断向两岸点头
剧烈的颠簸，遮住了侠客的清瘦
他紧抿嘴唇，薄薄的
是另一种即将开启的锋刃

一去不回的水，象征着命运的执拗
不进则退的木船，也是

纵使穿山越岭无数，随时搁浅或者倾覆
不信?
看你能去何处，觅得它的断桨残舷

携剑而行的侠客，在危急时刻跳出沉舟
踉跄中，武功凌乱
扑倒在浅滩，纶巾飘落如魂
被激荡的浊流，卷进夕照深处

2018 年 10 月 18 日

最后的高原

当高原把他猛地托起，秋叶遍地
他那件灰风衣，抖落在陌生的花海季节
北京，却深陷在最后的镜像之中
死神扑上来
让他无法呼出那个城市的名字

或许，他并未倒下
他只是急于回到数千里之外的平原
甚至穿过那座繁华梦幻之地

他在那寄身若干个年头
从未找到归宿和童年的亲人
搬来搬去的公寓，一辆代步的蓝色轿车

案头的一大摞影碟，最终
不能令他快慰

他回返之意已久，高原
给了他远眺的峰巅，和前所未有的决绝
索性直接从高处降落，归乡的距离
一瞬间缩短了

最初的平原，第一次让他懂得离别的地方
在北方遥遥的天际线上，近得清晰可见

一道牛羊和那个男孩蹚过的细细的河流
有熟悉的光亮，在波浪中闪烁

2018 年 11 月 23 日

松 峰 山

赤裸的山石，缝隙间
有古松长出来，和青色的石头一样嶙峋
天地间，只有石与松彼此呼应
草色全无，头顶上的蓝冰一望无际

不知是否期待着雪
假如大雪，迟迟不肯降落
冬天，你就是一个长长的谎言
甚至连下一个季节，都不值得翘首张望
那干枯的山脚下，任凭风裹挟着尘沙
河床，布满了宽宽窄窄的裂痕

松峰山，除了瘦硬的拳头
铁色的躯体之外
无须依傍，也不是抵挡
迎着四季无遮无拦的狂袭
硬生生，劈开了强加于己的所有肆虐

山顶上的道观，破旧
叮咣作响的门窗，似乎从未关紧
身后，靠着几株峭拔的古柏
它将一如从前那样，自持很久

2018 年 12 月 1 日

一场小型展览

这是一个小型展览，集一生的搜罗和爱
拼尽全力，为何像一场
谢幕演出

每一个络绎前来的人，都是他珍藏的同道
似乎要在今天，陪他
登上一座巅峰，簇拥着诗，纸张和笔
共同迎着浩大的山风
吹彻心情

当一个人的珍藏，走进展厅
就打开了，另一个世界
那位从偏远小镇走来的收藏者，拖着病身

找到了共鸣和默契
只是，路途遥远，它们都来得太晚

这份收藏后面的痴绝，注定耗完坎坷的生命
他几乎站不住了，却谢绝
一双伸过来的
搀扶的手

人群的潮水向藏品涌去
他，原地不动
四周形成的空地，成就了一个舞台
独自站在那里，他像一个深沉的男主角
不发一语，令他此生付出的痴爱
披上了尊严和神性
整个展厅，光芒四射

2016 年 8 月 4 日　哈尔滨

海 之 夜

在夜的海上，一下子拉近了
与星辰的距离
每一颗，都低低悬挂
仿佛伸出手去，就能叩开
天堂的窗棂

海浪，起伏着腰身
像壮汉们奋勇争先的泳姿
只露出宽阔的背脊，却无暇
抬起头来

哦，激情不止，必是源于
一簇簇垂直的星光

岸上森林，远了
模糊成一带晦暗的影子
枝叶间风声的呜咽，归于平息

今夜，我只肯停泊海上
我要舍弃陆地的衣装，鞋子
和油汗的污浊，莫名的气恼
任蓝色奔涌，荡涤
我从心底，发出舒畅的笑声

星语，一直被涛声淘洗
愈发晶莹，她的天籁之音
从依稀可辨，趋于清澈
抵达我
清静下来的耳鼓

远去的森林和陆地，无缘倾听
在刻板的固守中，被向前奔跑的海
抛弃
我，该怎样消弭

海陆之间
这几乎崩断的遥遥距离

海水和星星，倾诉在每一个夜晚
原来，从未停歇
仿佛天上的奥秘
到了快要揭晓的时刻
我，连同
已打开天眼的灵魂，即使有岸
也不再回头

风 之 痛

以前，一直不知道
海，是风的故乡
风，是海的信使

一路上，裹挟着充沛的水
被滋润的陆地，似乎从未了解

穿行于天空和大地的他
怀着一颗不羁的心
遇到山和墙体，还有沟壑
风，只是弯曲出一个大大的弧度
就像猫和老虎，弓起脊背

然后，抖落尘埃
沿着既定的方向，继续

他一路上的怒吼，和低语
海是明白的，但是
海离他越来越远，像母亲一样遥不可及

陆地，和上面大大小小的生物
要么与风纠缠，要么绕开
浪迹在路途上
一生，无法遇见知己

风，便只有哭泣了
一个流浪汉，就这样慢慢生成

现在，他来到我的窗外
就像从前做过的那样，一遍遍
摇撼着窗棂

闪离的鹰

一块黑色石头从高处向草坪砸下来
眼看就要落地
却又猛地直冲而起，掠过草尖
——哦，原来
是活生生的一只鹰

他为何俯冲，又急速回返
是误会了什么吗，还是懊悔
或者突然醒悟

他的果断离去，如钉子折断
仿佛迅速修正一个错误

每一次有限的挥动，都那么有力
惊散无数尘埃

重回天宇，那才是他的世界

现在，他闪离大地
天空中，你也无法觅见他的踪影

这样一个铁打的朋友，此生
不再回来

夜里的海

落日，正在把大海的蓝色
慢慢收走
波涛晦暗下来，陷入低语
似乎在争执什么。但你从中
打捞不出一个完整句子

夜幕和海面连成一体，这灰色丝绸
抖动着，释放出巨大的神秘
惶恐，感染了岸上的森林
令它们，聚在一起，模糊一团

沙滩上的游人，陆续撤离
连脚印都带走了

晚风登场，渐渐放大了呼哨
与涛声，形成合奏

更高处的灯塔，亮得分明
一束光，越过黑色森林的头顶
射穿了夜
一艘轮船，从无边的暗处，推开波涛
浮现出来，汽笛却没有拉响

融 化

融入海水，可以一尘不染了
远看，已经模糊的陆地
更加模糊
但是，我已不再回望

我用尽一生，试图被陆地接纳
无数次妥协和忍让
甚至，我连自己的耻辱都回避了
它依旧尘土飞扬，飞扬跋扈
据说，这顽固的地壳
坚硬无比

现在，我只身来到海上
送我来的轮船，消失在返航线上

在做出抉择的最后时刻
终于懂得
眼前这片辽阔，其实已等我很久了
他的召唤，我不再辜负

我愿意抛洒一场酣畅的老泪，然后
化作蓝色泡沫
我把遗言似的歌声，托付在海鸥低回的翅膀上
看她擦着海面，飞

2017 年 8 月 22 日　哈尔滨

问 海

一刻不停地扑打着礁石
海水，你是想上岸吗?

你在喧哗，抑或是呼喊
谁能遏止?

浪奔涌，像无数落水者的手臂
在挣扎，一遍遍抓向天空

那无边的虚无里，真的
藏着奥妙?

大海，我唯一的朋友
能否安静一刻钟，让我听听

你那深不可测的心，到底是
想要什么？

2017年4月6日

哈　素　海

平静的水色，托起芦苇荡
这秋天的舞蹈，徐缓

水下，深藏着敕勒川千年秘密
谁，会带着打捞的心思
前来

大青山，横亘在风沙和草原之间
瘦骨嶙峋，这位老者
还能抵挡多久

一艘快艇，突然蹿出水面
掠过芦苇，撞向夕阳。残红
如血喷溅

水边，铺开一片微微起伏的草原
羊群静止，点缀在晚照中
碑石一样耀眼

2017 年 8 月 25 日　呼和浩特近郊

溪　谷

下午，他们都走了
笑声，打闹和窃窃私语
拐过山脚，就消失了
留下静静的溪谷，和我

我和溪谷里浅浅的水，青草和野花
留下来了，多么单纯而完整
此时没有了声响，也无须再说话
就像谁，都未在这里留下痕迹

我，也是一株植物了
这是我渴望已久的事情
头发不再是头发

和草丛一样，随风摇曳
飘忽的意绪，在半空
如同若有若无的雨丝，或者柳絮

溪水这面狭长的镜子，映照着
我灌木丛下的影子，似乎
镜子也呆住了

希望就这样，一直坐到黄昏
影子渐渐拉长，变暗
四周的山岭，像浩荡的马群
飘起灰色鬃毛，慢慢靠拢过来

2017 年 8 月 24 日

芭蕾舞班

练功房里的小天鹅们，翘起的足尖
手臂的柳枝纷纷。引颈向上
眼睛，要么望向窗外，要么
倾注于内心。再无旁顾

尘世，已然消失
钢琴师的手指飞舞，伴奏
成为一种指引
舞蹈教师，盯住每一个舞者
每一个动作。她的飞翔，在小天鹅身上
延续。就像她自己，从未停止

窗外，错落的岛屿和大海，干干净净
连接着天空
而天空，蓝色是静止的
听得见小天鹅们，羽翅打开的一阵阵微风

2017 年 10 月 11 日

小 飞 机

小飞机，不过是一只蜻蜓
不在云朵上停留，而是
穿过它们。一朵，又一朵
最后，我数不过来

风让它飘摇，没有一刻的平息
但是它并不坠落。俯冲
再重新拉起来。姿势，变幻不定
光线、浓云和雨滴，都一一领略了
就像交替体验着愉快和压抑
喜与悲，都挡不住
飞翔的冲动

翅膀是单薄的，有亮晶晶的反光
似乎，折射着灵魂的单纯
此前，我是小看它了

2017 年 10 月 10 日

清明，南下

清明，我要去一个明亮的地方
把雨幕、寒食和祭祀
一袭黑衣的行人
留在身后

回望每一棵直立的树
都像伞柄，撑着低垂的天空
那巨大的伞盖，罩着悲戚、风中飘摇的酒幌
和似有若无的泪痕

这个节令里，我经历许多次伤痛
每一次，把头贴在旷野
听小麦、青草和先人的低语

云头，一直压得很低
低到大地冰冷的前额上

但这一次，我要离开
北方、土地和它们的沉郁
是拖不走的

我要去遥遥的海岸线上，奔跑几个来回
与海上日出，热烈拥抱十分钟
然后，甩一甩湿漉漉的头发
把蓝色、帆影、海鸥
和不停息的潮音，带回来

2018年　清明

河 床

绸缎一样的波浪，涌往海的方向
抛下了河床
河床裸露出鹅卵石、水蚌
见天日之际，它们在暴晒和丑陋中死去

大水是否再来？上游望不见雪山
下游，看不到大海

遗弃在大地的沟壑，是一条蜿蜒的死蛇
岸边，前来吊唁的人
干号四起，却再也流不出火辣辣的老泪

几个孩子，却在抛锚的大船上
蹦跳不已，嬉闹的笑声传来
于是，那些祈祷的目光，慢慢转过来
望向了他们
——这些小小神灵，在无忧无虑地造访人间

2018 年 5 月 26 日　哈尔滨松花江畔

叔同故居

找一个人，问遍了世界
每个路人，都在摇头

其实，他只是在出发地等你
但你忘了回头
后来，他尾随着你
如同你的影子
你误以为，那真的是自己的影子
直到你累了，躺倒在庭院的藤架之下
瞳孔接住沉落的天空

这时，你终于发现他了
他一直跟在你的身后，站定
一袭布衣，散发着大地的朴素

是的，兄弟
请把人间推开些，你和我
就待在这儿

2018年5月1日　天津

林间空地

想念，是初春缠绕在树林里的薄雾
是每一次呼吸，在空气中弥漫

林间空地，并无人影闪动
只有一块白色墓碑
仿佛独自飞来的清瘦的鹤，刚刚落定

而你，隐身在鹤影下面
任草木繁盛。或者，是你哺育了它们

高高矮矮的树，和鸟鸣
不时飞起的叶子，都是你的知音
它们收藏你的眼神，你的谛听

然后，洒落在我深浅不一的脚印里
渗进我的发间。我的眼眶
总是湿润

在你离开以后，我正慢慢习惯
林间的沉静，这无所不在的交谈

而你在世时，我们彼此
从未这样

2018 年 4 月 10 日　哈尔滨郊外，一家苗圃

老江桥上

黑色钢铁构架，即使退役，仍撑起冬天
看看谁，更加硬朗
其实
这对伙伴，都在风中孤独

绿皮火车，移靠在站外的哪一处？
凌乱的车厢，烟草气味
萦绕沧桑面孔，女人的尖叫，婴儿的啼哭
时有发生的艳遇，都离场了

而新高铁干线的拱形桥梁，以银色高冷
在它的身边出现，像炫耀也像胁迫
三百公里时速，轻易
甩掉了一个时代

我在昔日枕木上停住
它们完好无损地排列，不见一丝灰尘
原来是风之手，在擦拭
像擦拭一道道窄镜子，倒映时光的流淌

斜靠在刚刚安装完毕的休憩长椅
背对钢铁的黑色，迎面扑来呛人的寒风

陪这件恐龙般的遗物，再坐一会儿
我，大概是另一件遗物
身穿深色羽绒服，压低帽檐，久坐未动
年轻人嘻嘻哈哈走上前来，以我和老桥为背景
自拍起来

2018 年 2 月 19 日　哈尔滨中东铁路公园

雪湖，大年初一所见

岸边木制长椅上，一位老妇人独坐
似乎很久了，椅背落满了雪

拐杖丢在地上
轻轻地，我帮她拾起

她透过涕泪的薄幕，看雪湖栈桥
曲曲折折，有行人剪影
模糊着移动

夕阳，孤悬于井架
圆睁着布满血丝的眼
凝望湖面，迟迟
不肯落下

鼓楼春雪

元朝的鼓楼外面，窄巷子曲曲弯弯
行人撑伞，低头穿过中午的雪

老榆树们的枝杈，一路逶迤
撑开灰蒙蒙的天空，模糊着古与今的界限

仿佛忽必烈的马，还拴在院落里
鞍辔和弯弓上落满雪花

对面，什刹海深深，有灰色屋瓦的房脊
起伏着时间里的微澜，但
看不见人影出入

几个外省汉子，从出租车下来
扑打着身上的雪，说这里可真静啊

2018 年 3 月 17 日　北京

凌晨街头

这时，城市静下来，街道空了出来
只有我一个人，走在上面

风在树冠上，轻轻唱歌
叶子们，相互低语
这些，我第一次听得真切

熄火的机动车卧在路边，都睡了
楼房也站着进入梦乡
一抬头，月亮竟也溜了出来
轻盈地笑着
可是过一会儿，天就亮了

整个城市，就要重新活过来了

他们将大呼小叫地涌出来，我真是担心

2019 年 3 月 25 日

第 五 辑

这是男人的草原
放任你的仰天长啸
草浪，掠过马蹄的风声

早班车上

冬天的日出，被季节推得低而遥远
四周的边缘模模糊糊，暗夜的包围圈尚未撤离
在灰黑色的天空中，那金黄色的浑圆
挣扎着向上
如同早餐煮沸的蛋黄，以光晕的方式扩散
而非光线那样笔直

街边老榆树，还是那么几株
佝偻着各自的腰身
叶子离开后，枝条稀疏下来
反衬着屋顶上残存的雪花
她们的洁白，因散散落落而格外耀眼

楼群，这层层屏障阻挡着视觉的奔涌
在夜的海洋中，直立如一具具僵尸
逆光中黑压压一片，成为夜的固体形状

近处，双排路灯由白转黄，亮度正在弱下来
因一夜疲惫，睡眼惺忪

我在早班车上，无法打开密闭的车窗
外面的空气，是否如蹦跳的喜鹊一般干净

微信群正陆续醒来，提示音不断响起
我保持短暂的镇静
在椰林和海滩度假的遥遥的旧友，比晨曦更远

身边的冻土、石头与清晨的日光对垒
寒风一直在身边伴奏，但终究不知
它站在哪一方

我的手指，在手机屏和车窗玻璃之间频繁往返
反复擦拭着冬日，和冬日里晦暗的心

2019 年 1 月 2 日　哈尔滨

冬天在外面呢

挡在窗外，但是
不会离开半秒，将始终以铁石心肠
蹲守在那儿

尾随着天色，跟着转暗
比夜的阴影更浓，这是它的质地
风，大口喘息
一寸寸，加剧着寒意

一旦推门出来，就会不容分说
在一瞬间，击落我的体温

我在浴室内躲藏，暖气是热的
却与春夏，无半分相似

蒸汽浴，无论怎样升腾弥漫
也无法从极寒中，赎回那个命运
能做的，只是一场拖延

忍不住向外张望，将惊惧收起
出门远行，不得不与季节的死守去抗衡
这是另一道律令

路边的黑色老榆树，我倔强的兄弟
一边等着与我见面，一边与严寒戏谑
雪花，在树冠之上慢慢织出银色
缠绕成围脖一样的流苏
这是冷冽之下，别样的温柔

现在，要忘却身后
那隐隐闪跳的炭火，一步跨出门槛
任冬天抖开黑色大氅，猛扑过来

2018 年 1 月 5 日　哈尔滨

风，无法把自己拧成一根绳子

那几株失去了全部叶子的柳树
裸体，站在岸上
披散的长发，遮挡不住些什么

她们孤单的身后，一团黑黑的灌木丛
向同一个隐秘的角度，倒伏过去

枝杈，细瘦的胳膊
从坚硬的冻土中，交错着
伸将出来，却未激起一星尘埃

木船和铁船们，三两只一组
斜躺在发白的江面

卡在一片沉默里，动弹不得
船桨绷紧，同时挺得笔直

船和树，终究无法靠拢
虽然，相互取暖的一腔热望
奔突在各自的脉管里

风，试图连接起它们
但它无法把自己
拧成一根绳子
只是一遍遍擦拭船体
和干枯的树

最后，带着隐隐的抽泣
离去

2019 年 2 月 13 日

飞离上海

它带着我蹿向高空，云阵涌来
又被急切地抛开
星星，也迎面奔来

整个上海却急剧下沉，缩小
东方明珠和外滩，陷入璀璨的灯海中
不见了

舷窗下，白色羽翼似乎只是滑翔
姿势不变，如同静止
但是，它已连续切开了天空的腹部

地面的沪上，罩在微雨里
朦胧楼影，这连绵的灰色孤岛群
里面，藏匿着我的三五旧友
他们游走，漂移
如几尾金鱼，或几株水草
彼此并不相遇

我与他们失联已久，微信头像在灰暗中
令我踌躇再三，何必唤醒往事
最后，离开酒店大堂
我，只是一个飘忽的影子

空中，我开始脱缰飞奔
如同一场单人裸泳
机翼下的海水，却在沉静中睡去

2019 年 2 月 22 日　夜

车 家 堡

地头紧紧连着村头
村庄与农田之间
并无落脚的缝隙
甚至未留一条窄窄的过道
你
如何呼吸

炊烟断断续续升起
隐约提醒
头顶，有星云交会的天庭
晨昏之间

总该有那么一次
向高处仰望

村边，曾经的榆柳与溪水
在哪个年头
被残忍地抹去
到如今

光秃秃的几排房舍
干咳
喉咙嘶哑

午后的草垛
像枯萎的蘑菇
一群土鸡和三两只羊
寻觅其间

刚刚推门而出的一位女子
向我这边

投来戒备的一瞥

抱起柴草

又匆匆折回屋内

令我想起

三十年前的母亲

2013年9月18日　安达

沙 湖 帖

湖面倒映贺兰山，那坚硬的石头和焦土
湖面也倒映漠野，那无处不在的散沙

芦苇荡天真地茁壮着，密不透风
坚信掩埋和湮没，不会成为自己的命运
狂傲的风沙，暂时止住了疯狂
在远处低语，也像密谋

沙湖的水，很深
似乎足够芦苇们扎下发达的根须
每一株，挺拔得令沙尘畏惧
在岸上，徘徊复徘徊
并且挤作一团，积累着愤懑

湖上游船知道些什么呢，自顾自地逍遥于水面
假想着江南，好似西湖泛舟
快艇如箭，浪花一路盛开着抛物线
伴随着自由的尖叫

而沙滩骆驼队，从不抬头望向这边的水域
从不奢望鱼儿的故事
噢！骆驼，什么才是你的向往

贺兰山，沉淀了云和月，与沦陷的战车
苔藓般的植被，星星点点散落
如瘦骨嶙峋的老者，衣不蔽体
沙湖，你的水，似乎从未给他滋润

是山顶潺潺的苦水，酿就你的层层碧波
千年苍凉
挤压出一滴硕大的老泪
那就是你啊，沙湖

悬挂在贺兰山的腮边，点缀在大漠的脸颊
无论怎样晶莹，都难掩风尘仆仆
你，会否慢慢干涸成一道泪痕
裸露的湖底，布满了纵横交错的伤口
和死去的鱼群

2016年7月23日

车过松潘古城

鳞次栉比的屋顶
屋顶上起起落落的褐色鸟群
在一抹夕阳残照里
颤动如一首低回的凉州词

高高的古城墙
像历史那么斑驳而厚重
行走于窄街的藏民
仿佛漫步于一帧老照片里
栈桥凉亭上　三三两两喝酥油茶的老者
以及石桌上的棋盘
游走着秋月春风

这是青藏高原险峻的边缘
这是九寨沟一脉流淌的余韵
那个叫孔雀蓝的海子
映照着眼前一一闪过的
高原人黑红色的面庞

过松潘古城
一车的游客
都屏住了呼吸

大 觉 寺

冬日的阳光
均匀地分布于京郊的山岭

大觉寺
在山的褶皱里悄悄裸露出来
像一个离群索居者

三百年前，这里香火缭绕
如今，行走于山路的络绎不绝的朝拜者
已然消失
三百年后的我们
乘着一辆红色轿车
一头扎进了寺门

寺里寺外都是寂静的
朋友的两个女儿的嬉闹和欢笑声
萦绕于错落的石板路
和雍正题词的四周
似乎她们的声音再大一点
便会将那个老皇帝吵醒了
醒来的，或许还有居于高堂之上的佛祖
以及列祖列宗

我和朋友则躲在茶室一角
品茗，下棋
听取寺院外的一段松涛

回到城里
无边无际的楼群遮挡了京郊远山
华灯初上，霓虹明灭
这庞大的城市巨兽重又吞没了我们

大觉寺
真的存在过吗

芦 苇 荡

这开遍天边的秋水
大片的芦花
一路追随
掩映着细弱的水声

出没于苇荡深处的小木船
长桨摆动
船夫如豆

只有风在苇尖上游走
隐形的水
托着芦苇

仅仅为了给水天之间的浩渺
一个生动的写意
如某位仁者
藏身于繁华之下
静静地望出去
然后
涟漪泛起
有所思

短桥摇晃于湖面上的黄昏
那是谁，正在挽谁的手
从桥上走过
又隐没于
芦苇和竹林交错的合围里
低语随风去

如同一帧古画长轴
颤动
薄如蝉翼

悬在
高速公路出口的外面
像一个偶然

2013 年 11 月 2 日　常熟沙家浜

蓝 钟 花

比高原的天空更蓝

太寂寞了
流石滩必须开出自己的花朵

这冲出石缝的蓝血
星星点点
无限艰难

看似在一无所有中横陈着荒芜
意志与柔情不再深藏
最终，以花的破土
透露讯息

向一直寻觅着的旅人
和苦苦等待的雪山
传递

山顶积雪
山腰间的绿林
垂直着白与绿，无法弥合的距离
怎样才能缩短
夹在中途的流石滩
陷于困守

沙石的呼号早已嘶哑
如今沉寂下来
仿佛所有的抗争都接近了尾声
斟酌着
是否归于绝望

此时，蓝钟花
出人意表地张开了花瓣

渐渐低下去的风景

登上山巅
就像山岗把我高高地举过他的头顶

就像小时候
偶然蹦到父亲的肩膀上
获得了
一个俯瞰的高度

豁然开朗的视野里
高速公路变成了一条细线
两侧的村庄
一排排红色屋顶
赫然跃入眼帘

提升了北方大地的气度
雪白的梨花开遍院落

远远近近蓬勃的灌木丛和松枝
戏弄着浩荡的风
夕阳，正从远处碉堡一样的楼群里
挣脱出来
像得以放风的某位女囚
跳荡于连绵起伏的丘陵
在落入黑暗之前
把最后一朵灿烂的红颜
留在世间

我在驾车返城的路上
无法回望
留在身后渐渐低下去的山岗
就像无法正视父亲颓然的脊背

当万家灯火在前方陆续亮起的时刻
郊外的群山

却匍匐起钢蓝色的身躯
在四面合围过来的夜幕里
陷入沉思

铁骑草原

以梦为铁骑
我折回男人的草原
羊群
隐没于呼哨的辽远
湖泊微风起
漂浮着一些旧日，和
凋残的箭羽

白发稀疏的父亲
依旧草上飞
在落照火红的光圈里，一声不吭
饱含这古铜的力度
前倾的剪影

拉低了
一线远天

一次次挣脱
一次次收复
激情迸溅如暴雨中的鼓点
梦境起伏

这是男人的草原
放任你的仰天长啸
草浪，掠过马蹄的风声
沉寂
岁月湮没于荒沙

一路狂奔，征袍猎猎
闹钟在耳边突然凄厉地叫响
抛落黑色长靴
神剑崩断

枕边，一枝闪耀的金菊破梦而出

2013 年 11 月 27 日　凌晨

马 之 殇

走了很远，又折回来
看看我最后的马儿

这令人蒙羞的土地
吞噬了所有奔驰如飞的生灵
藏身于
水泥和钢铁盒子里的四肢
机械地摆动
硕大头颅
怀念一骑绝尘

雾霾
谁能扯下这巨大的遮羞布

反复擦拭污浊
让依稀的蹄痕，渐渐显露

拍着卧倒的马头，眼看它奄奄一息
长长的鬃毛四散开去

它驯良的眼睛
留不住和我共同拥有的短暂时光

疏狂的国画神骏，龙马精神
落墨为一纸
招魂的春联

2014 年 1 月 14 日　马年前夕

虫鸣擦破了山岗

我用整整一个冬天，等待阳春三月

如此漫长，以致我都忘了
三月，究竟是什么模样

试着伸出手去，无法撩开雾凇垂地的薄纱

我终于变得疏懒，就把自己留在冬天吧
春水上涨，断开了冰的记忆

森林浓郁起来，不再是
萧萧落木，支撑着天空走远

虫鸣，擦破了舒缓的山岗

雪屋之夜

那间茅草屋，远远看去
仿佛
一盏纸糊灯笼
在隆冬的原野上，飘摇

煤油灯芯
这微弱的召唤
突破了暴风雪

深夜火车，放下小小的我
然后，如一团浓重暗影
沿着铁轨

继续着下一段
迷蒙的旅程

天空，关闭了星辰
而雪地，竟是如此明亮

母亲的白发隐于灯影之下

耀眼的雪

几十年过去
那个雪夜
苍茫如一脉冰川
在记忆的宽屏上，隆起

2015 年 1 月 15 日　夜

草坪上的鹤

雨后湿漉漉的草坪上
一只白鹤，为何出现在那里
她的飞来，驻足，和飞去
都不留一丝痕迹

可是我分明看见了
只是，她没有翩翩起舞，也无声息
假如不是亲眼所见，似乎
谁都无法相信

这独一无二的鹤影，下次回来
我该用什么法子，指给你看

2016 年 6 月 22 日

杯子碎了

手中晶莹完美的杯子
落在地上
响声，惊天动地

那里面，曾盛满她饮过的水
如今化作无名的泪

她几度指望长出的绿树
或许已无发芽的力气

杯子的碎片
使我在震动和痛楚中
说不出一句话

匆匆奔波的人海是一种遮挡
我的眼泪你无法看见
夜幕深处的我
无眠

如今杯子破碎
谁会留意那一地珠泪
点点，滴滴

那么就让所有欲说的悼词
都化作风
一遍遍擦拭，又怎能拭去
掩映于碎片中你的目光
对于我，是永恒的责备

在你的远方，我已垂下头来
无数次地倾听你
任轰鸣的雷声一阵阵从心头
滚过

亲爱的，你曾喝下的那杯水
正在我生命中流淌

虽然那杯子
你仅仅用过一次

1995 年 7 月 21 日

鹰

他只属于浩茫天宇
偶落枯枝之上，小憩
瞥见满地尘埃
又箭一般离去

现在，谁还能觅见它的英姿

雾霭万丈
这匍匐于地面的颗粒
已暴涨为无处不在的妖氛
天际线，被迫一退再退
鹰以铁一般的翅膀
挥别肮脏的天空

日与月，被蒙蔽的上苍之眼
无法看见曾经的兄弟
鹰，那唯一的独行客
不再被接纳了

昼 与 夜

树木稀少，一条条大街
赤裸裸地躺在正午的胸膛上
酷热，真是难耐

白昼，白得无遮无拦，白得无边无际
它容纳了太多的污垢、噪音、尾气和叫嚣
强光直射，让你眼皮沉重

白昼，多少恶行，借你的名义冒充光明
然后，让受害者迸溅的鲜血，变得更加血腥和鲜艳
让露出的白骨，栩栩如生

让凄厉的呼号，变得丑陋而锐利
像一柄胡乱挥舞的刀子

我要大步穿过白昼，我要逃到夜晚里去

夜的天幕是蓝鹅绒一般的，徐徐抖开
上面，缀满了星斗的晶莹

次第亮起的街灯，充满温柔
它们从未灼伤过
我的眼睛，从未辜负每一束张望的目光
列队而立的路灯，像溪水般的月色
洒落一路

千家万户的灯火，纷纷闪跳出来，就好像
在白昼之海里藏匿了许久，现在
忍不住雀跃
仿佛一瞬间，布满了
岛屿般大大小小的城市楼体

白昼，熬过这巨大的疲惫之后
我愿在宁静的夏夜，慢悠悠醒来
恢复被白天麻木的知觉，隐身茂密的树丛
和舒展的叶子们，轻声谈话

2016 年 7 月 7 日　小暑

风 和 树

树，在等着风来
不然，它就只有沉默
每一片叶子，都低着头
既然无法挪动位置
便剩下坚守，风
是它唯一翘首以待的理由

不管从哪个方向来，风都属于远方
总会带来另一个世界的气息
和美妙的旋律

只要风来，就好
无论是狂暴的，还是轻柔的

打破沉寂
树，就会兴奋莫名，发出喧响

风说，我不能总是刮过来，又刮过去
无枝可依

我在寻找一棵树，甚至一片森林
我要在高高的树梢上歌唱
摇撼硕大树冠，让它虎虎生风
我要看到大树，在我的激励中起舞
每一片树叶，都充满振作的力量
而清丽的鸟鸣，像一群儿童
从小小巢穴，应声而起

树和风的奏鸣，将演绎无穷的天籁

风一直在寻找着树，树们
等着风来

2016 年 8 月 15 日

栈　道

栈道的今生，是前世的森林
瘦骨嶙峋，躺倒在这里

我迟迟不敢落脚。这些树木的断臂残肢
这些遗骸

每一次踏上来，都是硬生生的踢踏
足下发出的呻吟，不是音乐
栈道北构而西折，扭曲着身段
怎么，就成了婉约

离水面很近，却无法投身于水
无法成为船，哪怕小小舷板
只剩下投水的欲念

也回不去深山，山已兀
曾经的青枝绿叶，那些树的翅膀
惊魂一样消散

一棵枯树

这是旷野，可以仰望天空
天空，分明有鸟群飞过
他一直是羡慕鸟的

但他，只能站在原地
别说翅膀，连一只脚都没有
先是叶子枯黄
那曾经迎风喧哗过的茂盛叶子

然后，剩下一根根光秃秃的枝条
垂下来，像被吸干了血的细弱的胳膊
最后，树干皲裂
他，站着死去

甚至，已死了很久。风干成
一株标本，仿佛还活着

一棵粗糙的枯树
除了飓风，还能指望什么奇迹
把他带走

意大利领事馆旧址

这座米黄色小楼，黄昏
也不能令她黯淡

门开着，门楣上，却贴着：闲人免进
实际上，也无人试图进去
除了我

一个风烛残年的贵妇，她的绰约风姿
不改。但是，我为她颓废

万达影院和松雷大厦，地铁站
合谋，围困着上一个世纪
最后的遗存

米黄色的光影，闪烁在商业的缝隙里
我从滚滚人潮中，闪身而出
举起手机，捕捉
破碎的宁静

这是我唯一能做的
拯救

昙 花

不可能，漫山遍野那么恣肆地开，
我这一现，只是为自己和月光相遇

光在暗夜里，派出一个小小使者
是我

不需浇灌，置身荒漠
我本是水滴的化身

你看不见我，我开在你的梦乡之外
只和月光交谈
我从未祈求更多

要是你带上皎洁的心赴约，我
愿在某个夜晚
为你
绽放

2017 年 9 月 12 日　黄昏

柳街夕照

最后时刻的光照，透过柳叶间的缝隙
点点滴滴，漏到街面
只是些，跳跃不定的光斑
闪耀着温情，里面，藏着绵长的留恋

眯起眼，迎着夕照望过去
整条柳街，都陷入一大片逆光之中
高耸的楼盘，错落成
高矮不一的断崖，呈现出一组组黑色块
柳街，变成深深的峡谷

一排灯杆，挑着红绿灯的眼睛
比夕阳醒目十倍

几只麻雀，在上面大胆蹦跳
嬉戏，还是在抓紧时间寻找食物

柳街的尽头，夕阳如同一种颤动的悬挂
艰难地延缓下沉，一点点
收回金色的光线

像遭受了某种窘迫的压力，慢慢地
夕阳，涨红了脸，同时失去了力气
而天空，随着光斑的渐次减弱
变得愈来愈暗

路灯和车灯，在低处陆续亮了起来
似乎与夕照争锋，却无法抵达
柳街两侧，高高的树梢
高处的那些柳叶们，此刻并未变黄
依然一簇簇的，像鸟儿敛起小小翅膀
抵挡秋意里渐浓的疲倦。夕阳隐去

这一刻

它们便一起，屏住了呼吸

2017 年 9 月 23 日傍晚　哈尔滨

亚细亚影院

既然，里面已不再放映任何一部电影
为什么还叫这个名字

当年，和我一起观看《卡桑德拉大桥》的女子
消隐在异国他乡。初恋的座椅
早已拆解
我在一层的库房里，看见过它的断肢

亚细亚，支撑你的数根罗马柱，只是支撑着
残破的往事。那家牛肉面馆
将你开膛破肚，吆喝了十年生意
浓郁的肉香，盖过了宽宽幕布上所有的光影

站在你的对面，看不到观众
进进出出了
曾经，巨幅海报
凝聚着半条街的兴奋神经
似乎全世界的风云故事，都在这里上演

现在，正是黄昏，人影幢幢，叠加着走过
模糊起来的你那米色身躯
只有我一个人，一动未动，以内心的指尖
反复触碰着
你斑驳的墙体，和
黯淡下来的红字招牌

石缝间的草

石缝间一株小草，不想再听廉价的赞美
和假惺惺的一掬清泪
它需要的，是你拼尽力气
把石头搬开

就这么简单

石头太重，就点燃引信
但假如，炸药也无法撼动它的存在
就请你远远走开
即使牙关紧闭，衔着一缕无力的恨

这株小草
为什么扭曲地活着
它的腰身，就要断了
它有过不间断的祈祷，和血淋淋的咒语
却无法撼动石头

所以你，必须是一场毁灭的海啸
从最深处突袭
把垒满石头的大地，连同草的苦命
连根拔起

2018 年　初夏　郊外

一段旅程

我起得很早，搭乘高铁去看您
两侧的景色，您从未领略
哪一侧，都有着无法向您描述的美妙

曾经，试着陪您走一趟
您总是说，不急，不急
现在，我只好替您再温习一遍
但我仍不能一一细致描述
一如从前的笨拙

您的时空一定无比寥廓
那您来亲眼看看，从我看不见的高处
一挂马车，隐现于云端

或许，这不过是儿子专属的风景
不是您的

风景带从前很长，现在很短很短
打个瞌睡，就会错过
如同您，轻轻错过了它们

您，似乎从来不看近处
究竟看向了哪里，还是一无所视

走下高铁，我的迷茫
和您固执的缄默一样深远

2018 年 6 月 2 日　哈尔滨——大庆
先父百日祭

看犹太人照片墙

在椭圆形窗外的雨中
老教堂的内部，光影是暗的

满墙黑白照片，岁月剥蚀的气氛透出画面
似乎，一切都在凄风苦雨中
有些场景，其实是喜气洋洋的草坪聚会
是歌声、笑语和灿烂的表情
但是，为何还是有止不住的悲伤
汩汩流淌

最初的时间，一直紧紧粘住墙壁
从未离去，只是略显僵硬
但整个大屋子，不得不肃穆起来

解说的声音是低沉的
这个中年男子，有一双清澈眼睛
饱含宽容
那或许是满墙的逝者们，带给他的
他说，我在这里做解说，已经十多年了

老教堂外的车流和噪音，高一声，低一声
世间声浪，和此刻的雨声，他已浑不在意

2018 年 8 月 21 日　哈尔滨

穿过一栋修缮中的老建筑

无论怎样修缮，都不会复活了
脚手架，叠加着上升
鸽群冲散，网格的针眼吞噬着寒冬里
艰难的飞翔
空间，分割得七零八落

绿色尖顶，仅能指向一小块局促的天空
混凝土的碉堡群，早已高过它的端点
阻断了纵深

稀薄的灵魂，被迫附着在乌鸦的翅膀上
那一小片裁剪后遗落的乌云
擦过低空

红砖砌筑的墙壁，黯淡着上一个世纪初的影子
它腰身的硬朗，仅仅是物理性的
彩色玻璃，在拱窗上用烟尘
胡乱涂抹自己，让你看不到它混浊的泪水
伸出颤抖的手指，够不到窗棂边缘

门上的大铜锁，歪斜着一个不舒服的姿势
锈蚀，如再也掰不开的拳头
守住了唯一的入口
内部无法洞开，尘封的角落里
那些隐藏着的古老秘密，将继续
沉沉睡去

把头部和身子裹在羽绒服里，像一只
椭圆形球体，低垂着挂霜的眼睫
缓缓移出这片阴影的笼罩

2018 年 12 月 18 日　下午

秋雨中的步行街

秋天尾随着那谁的倩影，穿过步行街
在拐角处，一闪
消失了

雨丝的针脚，很细密地从身后赶上来
裹挟着波斯菊的香气，有轻微的喘息声
说：秋天，等等

街上行走的时髦女子，肩上落了一片枫叶
她张开手臂，抛开了大朵的红伞
高声笑着，要挡住雨的去路

雨说：好！我来弄湿你的长发
让它们水淋淋的
之后，再走

2018 年 10 月 16 日　哈尔滨